50 Lieblingsbücher zum Vorlesen und Selberlesen | **David Almond** – Zeit des Mondes • **Vita Andersen** – Petruschkas Lackschuhe • **Kirsten Boie** – Mit Jakob wurde alles anders • **Robert Bolt** – Der kleine dicke Ritter • **Zoran Drvenkar** – touch the flame • **Michael Ende** – Der satanarchäolügenialkohöllische Wunschpunsch • **Willi Fährmann** – Der lange Weg des Lukas B. • **Cornelia Funke** – Potilla • **John Reynolds Gardiner** – Steinadler • **David Grossman** – Zickzackkind • **Josef Guggenmos** – Was denkt die Maus am Donnerstag? • **Peter Hacks** – Liebkind im Vogelnest • **Peter Härtling** – Das war der Hirbel • **Christoph Hein** – Das Wildpferd unterm Kachelofen • **Sigrid Heuck** – Saids Geschichte • **W. und H. Hohlbein** – Drachenfeuer • **Janosch** – Lari Fari Mogelzahn • **Tove Jansson** – Die Mumins. Eine drollige Gesellschaft • **Diana Wynne Jones** – Zauberstreit in Caprona • **Erich Kästner** – Pünktchen und Anton • **Klaus Kordon** – Die roten Matrosen • **Irina Korschunow** – Die Wawuschels mit den grünen Haaren • **James Krüss** – Mein Urgroßvater und ich • **Guus Kuijer** – Wir alle für immer zusammen • **Marjaleena Lembcke** – Als die Steine noch Vögel waren • **Gunnel Linde** – Wie eine Hecke voll Himbeeren • **Astrid Lindgren** – Kalle Blomquist Meisterdetektiv • **Hugh Lofting** – Doktor Dolittle und seine Tiere • **Paul Maar** – Der tätowierte Hund • **Patricia MacLachlan** – Schere, Stein, Papier • **Henning Mankell** – Der Hund, der unterwegs zu einem Stern war • **Tilde Michels** – Kleiner König Kalle Wirsch • **A. A. Milne** – Pu der Bär • **Christine Nöstlinger** – Konrad oder Das Kind aus der Konservenbüchse • **Sheila Och** – Das Salz der Erde und das dumme Schaf • **Gudrun Pausewang** – Die Wolke • **Benno Pludra** – Das Herz des Piraten • **Mirjam Pressler** – Wenn das Glück kommt, muss man ihm einen Stuhl hinstellen • **Jan Procházka** – David und der Weihnachtskarpfen • **Bjarne Reuter** – So einen wie mich kann man nicht von den Bäumen pflücken, sagt Buster • **Jutta Richter** – Der Hund mit dem gelben Herzen • **Rafik Schami** – Eine Hand voller Sterne • **Hermann Schulz** – Auf dem Strom • **Jerry Spinelli** – Taubenjagd • **Andreas Steinhöfel** – Die Mitte der Welt • **Karlijn Stoffels** – Mojsche und Rejsele • **Annika Thor** – Eine Insel im Meer • **Uwe Timm** – Der Schatz auf Pagensand • **Pamela L. Travers** – Mary Poppins • **Mats Wahl** – Winterbucht | **Ausgewählt von der Kinder- und Jugendbuchredaktion der Süddeutschen Zeitung | 2005 – 2006**

Süddeutsche Zeitung Junge Bibliothek

Uwe Timm

Der Schatz auf Pagensand

Uwe Timm

Der Schatz auf Pagensand

Mit Vignetten des Autors

Süddeutsche Zeitung Junge Bibliothek

Für Katharina

Bibliografische Information Der Deutschen Bibliothek
Die Deutsche Bibliothek verzeichnet diese Publikation in der Deutschen Nationalbibliografie;
detaillierte bibliografische Daten sind im Internet über http://dnb.ddb.de abrufbar.
Lizenzausgabe der Süddeutschen Zeitung GmbH, München für die Süddeutsche Zeitung Junge Bibliothek 2006

Mit Illustrationen des Verfassers
Titelillustration: Gunnar Matysiak
Umschlaggestaltung und Layout: Eberhard Wolf
Projektleitung: Dirk Rumberg
Produktmanagement: Gabriella Hoffmann, Sabine Sternagel
Redaktion: Roswitha Budeus-Budde, Hilde Elisabeth Menzel
Satz: vmi, Manfred Zech
Herstellung: Hermann Weixler, Herbert Schiffers
Druck und Bindearbeiten: Ebner & Spiegel, Ulm
Printed in Germany
ISBN-10: 3-86615-151-9
ISBN-13: 978-3-86615-151-2

Drei Wochen vor den großen Ferien kam Schaper, unser Deutschlehrer, in die Klasse und verteilte die Aufsatzhefte. Es war die letzte Arbeit vor Notenschluss. Zuerst verteilte er die Einser.

Sehr gut, Renate, sagte er.

Dann kamen die Zweier, dann die Dreier, Jan und ich bekamen unsere Hefte, dann die Vierer, Schaper warf Georg das Heft auf die Schulbank, und so ging es weiter, die Fünfer kamen, bis schließlich nur noch ein Heft übrig blieb, und jeder wusste: Das ist das Heft von Benno. Der saß da und ahnte natürlich auch, was da auf ihn zukam. Eine Sechs. Und das hieß, er würde sitzen bleiben, endgültig, und damit musste er von der Schule abgehen.

Schaper hatte Lieblinge in der Klasse. All jene, die nie nämlich mit h schrieben, die zu ihm hochsahen, ab und zu mit dem Kopf nickten und auch dann laut lachen konnten, wenn er seine Witze über die Schüler riss, die er nicht mochte. Zu den Schülern, die er nicht mochte, gehörte von Anfang an Benno.

So, sagte Schaper, jetzt zu dir, er hielt das Heft mit den Fingerspitzen hoch wie eine stinkende Socke. Na, was denkst du, was das ist?

Ein Heft, sagte Benno.

Wir lachten, sogar die Lieblinge von Schaper lachten.

Werd nicht frech. Was hast du wohl für eine Note bekommen?

Eine Sechs.

Sehr gut. Aber deine Frechheiten werden dir noch vergehen. So, sagte er genüsslich zur Klasse, das Thema hieß doch „Unser Garten". Oder täusche ich mich?

Jetzt will ich euch mal eine kleine Kostprobe vorlesen: „Die Kinder waren nachmittags wieder in den Garten gegangen. Die Büsche standen ganz dicht. Am Boden wuchs hoher Farn. Lianen hingen wie im Dschungel von den Bäumen. Sie gingen dem Schrei eines Paradiesvogels nach. Plötzlich merkten sie, dass sie sich verirrt hatten. Was machen wir jetzt? fragte Andrea ihren Freund Otto."

Schaper blickte hoch und in die Klasse. Tja, was hat der gute Otto da wohl gesagt? Er wartete darauf, dass gelacht wurde. Und tatsächlich lachten einige: die Schleimer.

Ist das nicht herrlich, sagte Schaper, kann man doch nur neidisch werden über den tropischen Garten, den ihr offenbar zu Hause habt.

Das war richtig gemein, denn Schaper wusste, dass Bennos Eltern keinen Garten hatten. Die wohnten in einer kleinen Etagenwohnung. Der Vater von Benno war bei den Hamburger Elektrizitätswerken beschäftigt. Er las in den Häusern die Stromuhren ab.

Und dann die Fehler, fuhr Schaper fort, alle Übungen der letzten Wochen umsonst. Wisst ihr, wie er Dschungel geschrieben hat? Er schrieb es an die Wandtafel. Schungell. Wieder wurde gelacht.

Ich sah zu Jan hinüber, der schüttelte nur den Kopf. Georg meldete sich. Georg hatte nicht mitgelacht.

Was denn? fragte Schaper unwirsch.

Ich denke, sagte Georg, Benno hat etwas anderes gemeint. Wie soll ich sagen, er hat einen Garten beschrieben, den es gar nicht gibt. Aber es wäre doch toll, wenn es so einen gäbe.

Unsinn, sagte Schaper, setzen.

Georg setzte sich mit finsterem Gesicht hin.

Jan meldete sich und fing sofort an zu reden: Mir hat das gut gefallen, was Sie da vorgelesen haben, und den Dschungel interessiert es doch nicht, wie er geschrieben wird.

Den Dschungel nicht, aber mich, und du hältst jetzt deinen vorlauten Mund!

Schaper ging durch die Reihen, klatschte Benno das Heft auf die Bank und sagte: 43 Fehler. Jetzt ist es klar, du gehst dahin zurück, wo du hingehörst, auf die Volksschule.

Hätte Benno in dem Aufsatz eine Vier geschrieben, dann hätte er eben noch die Kurve gekratzt. Aber jetzt, mit diesem letzten Aufsatz, kurz vor den großen Ferien, stand es fest, er bekam in Latein und Deutsch eine glatte Fünf.

Nach der Schule gingen Georg, Jan, Benno und ich wie immer noch ein Stück gemeinsam, bis zu der Haltestelle, wo ich den Bus nehmen musste.

Weißt du, versuchte Jan Benno zu trösten, ich fand das, was du geschrieben hast, viel besser als das, was ich geschrieben habe. Großes Ehrenwort.

Und zum Fußballspielen können wir uns ja immer noch treffen.

Ja, sagte Benno, aber man merkte, er war mit seinen Gedanken ganz woanders, und dann sagte er noch: Ich wäre jetzt gern irgendwo, wo mich keiner kennt.

Wirst du es deinen Eltern gleich sagen?

Ich glaube: ja.

Ist immer besser, so was gleich zu sagen und nicht lange zu warten.

Ja. Bis morgen. Er ging weg, schnell, fast lief er.

Diesem Schaper möchte ich am liebsten eine in die Fresse hauen, sagte Georg.

Georg ist der größte und älteste in unserer Klasse, überall sieht man sofort sein hellblondes Haar. Er ist auch sehr kräftig und wäre sicherlich der Beste im Sport, wenn nicht sein linkes Bein steif wäre. Georg war erst seit einem halben Jahr in unserer Klasse. Er kam vom Land. Ein Pferd hatte ihm vor fünf Jahren mit einem Hufschlag das Knie zertrümmert. Er war mehrmals am Knie operiert worden und hatte fast ein halbes Jahr im Krankenhaus liegen müssen, darum musste er eine Klasse wiederholen.

Schaper hätte Benno wirklich eine Vier geben können, meinte Jan, der ein guter Schüler ist, ein sehr guter sogar, aber er gehört nicht zu den Schleimern. Im Gegenteil, er legt sich regelmäßig mit den Lehrern an. Allerdings haben die es auch nicht leicht mit ihm, Jan ist rechthaberisch. Er kann einem ziemlich auf den Geist gehen, weil er immer die erste Geige spielen will und alles besser weiß. Aber er ist nicht hinterhältig, und er kann manchmal, wenn er nicht gerade mal wieder Recht haben will, sehr witzig sein.

Ich war richtig gespannt darauf, sagte ich, wie der Aufsatz weitergeht. Dabei interessiert einen doch wirklich nicht, wie Dschungel geschrieben wird.

Das war sonderbar an Benno. Er schrieb so, als sei die Rechtschreibung noch nicht erfunden worden, mal schrieb er Rababa, dann wieder Rharbara, das nächste Mal Rarbahrba. Und aus „Nachbar“ wurde manchmal „Nachtbar“, ganz witzig, aber Schaper fand das überhaupt nicht witzig, sondern nur dusselig.

Was Georg, Jan und mir damals gleich klar war: Die letzten drei Wochen würden für Benno verdammt schwer werden. Jeder wusste, Benno musste von der Schule abgehen, aber die drei Wochen bis zu den Sommerferien hatte er eben noch abzusitzen.

Am nächsten Tag fragte ich Benno, was seine Eltern gesagt hatten.

Meine Mutter hat gesagt: Schade, schade. Abends hat sie mir mein Lieblingsessen gemacht: Rotkohl mit Kalbsbratwurst.

Und dein Vater?

Der – Benno zögerte – der hat rumgemeckert, hat gesagt, ich bin ein Versager. Ja. Und seitdem spricht er nicht mehr mit mir.

Das tat auch Schaper nicht mehr. Er behandelte Benno wie Luft. Er rief ihn nicht mehr auf, übersah ihn, wenn Benno sich meldete.

Wir sprachen uns in einer Pause ab, niemand solle sich melden, wenn Benno die Hand hob. Jan hatte den Schleimern in unserer Klasse sogar Schläge angedroht, falls einer den Finger heben sollte.

Schaper fragte: Was ist ein Relativsatz? Benno meldete sich. Nur seine Hand war oben. Schaper blickte in eine andere Richtung. Als Renate die Hand heben wollte, knuffte ihr Jan von hinten in den Rücken. Benno schnippte mit dem Finger. Schaper tat, als höre und sehe er Benno nicht.

Na, wenn ihr das nicht wisst. Also ein Relativsatz ist – und Schaper erklärte den Relativsatz.

Dieser Mistkerl, knurrte Georg leise.

Zum Glück waren zwei andere Lehrer ausgesprochen nett zu Benno. Der Kunstlehrer, der auch im Unterricht nicht seine Baskenmütze abnahm, sagte zu Benno, nachdem er dessen Zeichnung einer Eiche gesehen hatte: Sehr schön. Weißt du, die Schule ist nicht das Leben. Um was Anständiges zu werden, muss man kein Gymnasium besucht haben. Und auch der Mathe- und Geografielehrer, Herr Hubert, sagte: Schade, dass die Rechtschreibung so streng benotet wird. Die Noten müsste man einfach abschaffen. Und dann lachte er, dass sich sein roter Schnurrbart aufspreizte, und knuffte Benno freundschaftlich gegen den Arm.

Ich sah, in dem Moment kämpfte Benno mit den Tränen.

Im Mathe- und im Kunstunterricht arbeitete Benno weiter fleißig mit, insbesondere in Geografie. Herr Hubert nahm gerade die Elbe durch. Da meldete sich Benno, und er wusste die unglaublichsten Dinge, die er sich offensichtlich extra für den Unterricht angelesen hatte, wie viele Inseln es in der Elbe gab, wie tief die Elbe war, wie oft die Fahrrinne ausgebaggert werden musste. In den anderen Fächern sagte er immer weniger, wurde immer stiller, und in Latein und Deutsch saß er nur noch da und sah aus dem Fenster. Draußen flog wie Schnee der fusselige Samen der Weiden vorbei. Wir hatten in dem Jahr einen besonders heißen Frühsommer.

Eine Woche, nachdem Schaper Benno in Luft verwandelt hatte, saß der plötzlich da und las. Nicht heimlich, sondern ganz offen hatte er das Buch auf dem Tisch liegen. Georg grinste und auch Jan. Die Schleimer lauerten gespannt und warteten darauf, dass sie wieder über Benno lachen durften. Was würde Schaper machen? Schaper konnte der Luft ja nicht sagen: Leg das Buch weg! Pass gefälligst auf! Man merkte Schaper an, wie sehr er sich ärgerte. Aber er sagte nichts. Ganz klar: Ein Punktgewinn für Benno. Wir grinsten.

Schaper war in dieser Stunde besonders gereizt, fauchte sogar den Liebling unter seinen Lieblingen, Renate, an. Kaum dass es ihn auf seinem Stuhl hielt, er sprang auf, trippelte umher, aber er sagte nichts. Denn sonst hätte Benno durch ein K.o. gewonnen.

Ich sah deutlich, dass Benno nicht nur so tat, als lese er, er saß in sich versunken und las wirklich. Benno las langsam, manchmal bewegte er stumm die Lippen, und er hatte die Angewohnheit, sich beim Lesen das Haar zu raufen, braune Haare, die immer struppelig waren.

Ich beneidete Benno richtig. Er konnte lesen, während wir uns mit dem langweiligen Personalpronomen rumplagen mussten. Das heißt, ich musste so tun, als hörte ich angestrengt zu, um nicht an die Tafel gerufen zu werden.

In der Pause fragte ich: Mensch, Benno, was liest du denn da?

Benno zeigte uns das Buch.

Das war die eigentliche Überraschung – es war kein Abenteuerroman, es war ein Buch mit vielen Zeichnungen und Landkarten. Ein Buch, das Benno aus der Schulbibliothek ausgeliehen hatte. Es zeigte die Elbe zwischen Hamburg und der Nordsee. Das fand ich nun doch etwas übertrieben, dass Benno sich jetzt auch noch mit geschichtlichen Büchern auf den Geografieunterricht vorbereitete. Schließlich war ja schon Zeugnisschluss gewesen, und wir alle machten so wenig wie nur irgend möglich.

Willst du dir noch eine Eins mit Stern holen, fragte Jan.

Quatsch. Ich such was.

Was denn?

Da, sagte Benno und tippte auf eine Stelle der Elbkarte, da muss er liegen.

Wer?

Der Schatz.

Welcher Schatz?

Na, Störtebekers Schatz.

Wir sahen uns an und dachten, jetzt ist er durchgedreht.

Natürlich kannten wir die Geschichte von Störtebeker, dem Seeräuber, der vor gut 500 Jahren die Hamburger Schiffe gekapert und dabei unermessliche Schätze erbeutet hatte, bis sein Schiff in der Elbmündung von einer Hamburger Kriegskogge geentert wurde. Störtebeker wurde gefangen und mit seinen Gefährten auf dem Grasbroock hingerichtet. Zwei Schädel, auf Pfähle aufgespießt, kann man im Museum für Hamburgische Geschichte besichtigen. Benno hatte Georg, Jan und mir dazu eine wilde Geschichte erzählt. Vor der Hinrichtung durfte Störtebeker einen letzten Wunsch äußern. Seine Bitte: Man möge seine Mannschaft in einer Reihe aufstellen, dann solle der Scharfrichter ihm den Kopf abschlagen, und diejenigen seiner Männer, an denen er ohne Kopf vorbeilaufen könne, die sollten freigelassen werden.

Stimmt das wirklich?

Ja doch.

Der Henker Rosenblatt riss also Störtebeker den Kragen herunter, schnitt ihm das Haar im Nacken kurz, dann schlug er Störtebeker den Kopf ab, und der Körper von Störtebeker lief tatsächlich los, lief an sechs seiner Leute vorbei und wäre noch weitergelaufen, hätte ihm nicht ein Ratsherr ein Bein gestellt.

Quatsch, sagte Jan, das geht doch gar nicht.

Hast du nie gesehen, wie Hühner, denen der Kopf abgeschlagen wird, noch weiterfliegen?

Stimmt, sagte Georg, der auf einem Bauernhof aufgewachsen war.

Und der Schatz?

Der Schatz war weg. Dabei hatte Störtebeker dem Hamburger Senat angeboten, wenn man ihn und seine Leute freiließe, wolle er eine Kette aus purem Gold um die ganze Stadt legen.

Viele Leute haben den Schatz gesucht, niemand hat ihn gefunden, aber ich weiß, wo er liegt, sagte Benno.

Georg kriegte vor Staunen den Mund nicht mehr zu.

Meine Mutter meinte, dieser Benno hat einfach zu viel Fantasie. Benno war nämlich einmal bei uns zu Besuch gewesen. Erst saß er ganz still da, hörte zu, was die Erwachsenen redeten. Dann war das Gespräch darauf gekommen, ob Tiere Menschen verstehen könnten. Und da erzählte Benno die Geschichte von einem Matrosen, der über Bord gefallen war und kurz vor dem Ertrinken von einem Delfin hochgehoben und durch das Meer getragen worden war, bis ihn ein Schiff entdeckte und an Bord nahm.

Als unsere Klasse zusammengestellt wurde und jeder sagen musste, welchen Beruf der Vater hatte, also Arzt, Prokurist, Rechtsanwalt, Senatsdirektor, Lotse, sagte Benno, mein Vater liest die Elektrizitätsuhren ab. Die ganze Klasse lachte. Benno saß einen Moment ganz starr da. Dann, in der Pause, erzählte er uns, sein Vater habe einen Schlüssel, einen besonderen Schlüssel, mit dem er nicht nur den Strom für die Häuser abstellen, sondern auf einen Schlag ganze Stadtteile, ja die ganze Stadt verdunkeln könne. Da staunten wir. Benno wurde plötzlich von allen Schülern umworben. Ein Schüler aus der Nachbarklasse wollte ihm sogar jeden Tag die Tasche nach Hause tragen, wenn Benno ihm mal den Schlüssel besorgen könnte. Warum? Er musste zum Zahnarzt. Und da wollte er an dem Tag einfach in dem Haus, wo der Zahnarzt seine Praxis hatte, den Strom abstellen. Warum denn das?

Du hast 'ne lange Leitung. Ohne Strom kann der nicht bohren.

Zeig uns doch mal den Schlüssel!

Geht nicht. Mein Vater trägt ihn an der Kette.

Dann eben abends. Oder nachts, wenn er schläft.

Der schläft doch mit der Kette. Unmöglich.

Da Benno den Schlüssel nie zeigen konnte und unsere Eltern sagten, dass es einen solchen Schlüssel gar nicht gebe, verlor Benno viele Anhänger.

Eines Tages kam Benno mit einem Schweizer Taschenmesser in die Schule. Niemand in der Klasse hatte bis dahin ein Schweizer Taschenmesser gesehen. Alle wollten wissen, woher er das habe.

Gestern, erzählte Benno, auf dem Weg nach Hause, wollte ich gerade über die Altonaer Allee gehen, da sehe ich ein Auto, schwarz, riesig, mit Heckflossen, ein amerikanisches Auto. Ich gehe hin. Ein Chevrolet. Tolle weiße Reifen. In dem Moment steigt ein Mann aus. Der musste sich richtig rausstemmen. Der war nämlich so dick, mit einem Bauch, so was hab' ich noch nie gesehen. Der Mann schließt seinen Wagen ab. Da sehe ich, dass ein Schuhband aufgegangen ist. Ich sag ihm, passen Sie auf, dass Sie nicht auf Ihr Schuhband treten, das ist nämlich aufgegangen. Oh, sagt er und bleibt stehen. Und nun versucht er, sich das Schuhband zuzubinden. Unmöglich. Der kommt über seinen Bauch nicht an den Schuh heran. Er stellt das Bein auf die Stoßstange. Kommt aber auch so nicht an den Schuh. Da hab' ich mir einen Ruck gegeben: Soll ich Ihnen das Schuhband zubinden? Wenn du das tust, sagt er, dann würdest du mir einen riesigen Gefallen tun. Und strahlt. Ich bücke mich also und knote ihm das Schuhband zu.

Da war der so froh. Sagt: Ich schenk dir was. Greift in die Hosentasche und zieht dieses Taschenmesser heraus. Da, das ist für dich!

Mann in der Tonne, sagte Georg, und wir bestaunten das Taschenmesser.

Einfach toll die Geschichte. Und natürlich wollte jeder einmal mit diesem tollen Messer schnitzen. Was Benno auch einigen gestattete, Georg vor allem, der durfte das Messer sogar einmal mit nach Hause nehmen.

Aber dann hörte ein Junge aus der Klasse, dass Benno das Taschenmesser von einem Bekannten seiner Eltern geschenkt bekommen hatte. Einem Vertreter für Scheren und Messer, keinem Schweizer, auch nicht reich, und er fuhr auch keine amerikanische Limousine, sondern einen kleinen Opel, und dick war er auch nicht, sondern spindeldürr.

Von da an wollten die meisten in der Klasse keine Geschichten mehr von Benno hören. Benno, der Oberspinner, nannten sie ihn.

Ich hingegen hörte Benno gern zu und fragte mich immer, wie er auf all die Geschichten kam.

Wie beispielsweise diese Geschichte von Störtebekers Schatz.

Wo soll denn der Schatz liegen? fragte Jan, der die Angewohnheit hatte, bei kniffeligen Fragen sich nachdenklich über das Kinn zu streichen. Eine Geste, die er seinem Vater abgeguckt hatte, der Elblotse war und einen roten Vollbart trug.

Der Schatz liegt auf dem Medemsand, in der Elbmündung.

Warum ausgerechnet auf einer Insel in der Elbe? Und warum ist der Störtebeker in die Elbe gesegelt, wo man ihn viel leichter fangen konnte? So eine Kogge konnte doch nur schwer kreuzen.

Jan kannte sich mit der Elbe aus. Nicht nur durch seinen Vater, dem Lotsen, Jan wohnte auch unten am Elbufer, und Jan segelte. Er hatte eine kleine Jolle. Manchmal nahm er Benno mit, einmal hat er auch mich eingeladen. Ich war das einzige Mädchen in der Klasse, das immer mit den Jungen gespielt hatte. Aber mitsegeln durfte ich nicht, das hatten mir meine Eltern verboten, weil ihnen die Elbe mit den vielen Schiffen zu gefährlich war.

Nun erzähl schon. Wie kommst du darauf, dass der seinen Schatz auf einer Insel eingebuddelt hat?

Aber das konnte uns Benno nicht mehr erzählen, weil es für die nächste Stunde klingelte.

Ich konnte es gar nicht abwarten, bis die Stunde vorbei war.

Komm, erzähl endlich, drängte dann auch Georg.

Neulich, in der Deutschstunde, ist mir eingefallen, warum Störtebeker in die Elbe hineingesegelt ist. Der wollte, glaube ich – Benno machte eine kleine Pause, um die Spannung zu erhöhen – aufgeben.

Also sich ergeben?

Ja. Der wusste doch, dass die Hamburger eine große Kriegskogge gebaut hatten, um Jagd auf ihn zu machen. Ich glaube, der wollte nach Hamburg segeln und mit dem Senat Frieden schließen. Aber bevor er Richtung Hamburg segelte, hat er auf einer Elbinsel seinen Schatz vergraben. Der war ja nicht blöd. Über den Schatz konnte er dann mit der Stadt verhandeln. Er konnte ihnen einen Teil von seinem Schatz anbieten, wenn sie ihn und seine Mannschaft laufen ließen.

Ganz schön schlau.

Am besten wäre gewesen, den Schatz auf der Insel Neuwerk zu verstecken, vor der Elbmündung, aber das ging nicht. Der Wehrturm auf der Insel war damals mit Hamburger Kriegsknechten besetzt. Er hat sich also eine unbewohnte Insel in der Elbe gesucht, dort sein Gold vergraben und ist weitergesegelt. Da kommt plötzlich die Hamburger Kriegskogge und greift Störtebekers Schiff an. Es muss ein fürchterlicher Kampf gewesen sein. Vierzig Seeräuber sind gefallen. Siebzig wurden gefangen.

Natürlich haben die Hamburger sofort das ganze Störtebeker-Schiff nach dem Schatz durchsucht, vom Kiel bis zum Deck. Nichts. Sogar den Mast haben sie aufgesägt. Auch nichts.

Aber wie bist du auf diesen Medemsand gekommen?

Ich habe mir in der Bücherei ein Buch geholt, in dem die Elbe beschrieben wird, und da habe ich einen Priel in der Elbmündung entdeckt, und der heißt: *Schatzkammer.*

Hört sich gut an, meinte Jan.

Das ist ein alter Name. Inzwischen liest das jeder, ohne sich etwas dabei zu denken. Damals wussten die Leute noch, dass Störtebeker irgendwo dort den Schatz versteckt haben muss. Es muss der Medemsand sein, hier vor Cuxhaven.

Aber die Inseln in der Elbe verändern sich doch ständig, sagte Jan, da wo die Insel vor fünfhundert Jahren war, ist sie jetzt vielleicht nicht mehr. Sie hat sich zumindest verschoben.

Das müssen wir eben rauskriegen.

Ich kann ja mal meinen Vater fragen.

Aber kein Wort über den Schatz!

Benno wollte noch an demselben Nachmittag in das Hamburger Staatsarchiv gehen und dort nach einer Elbkarte aus dem Jahr 1400 suchen.

Ich komme mit, sagte ich.

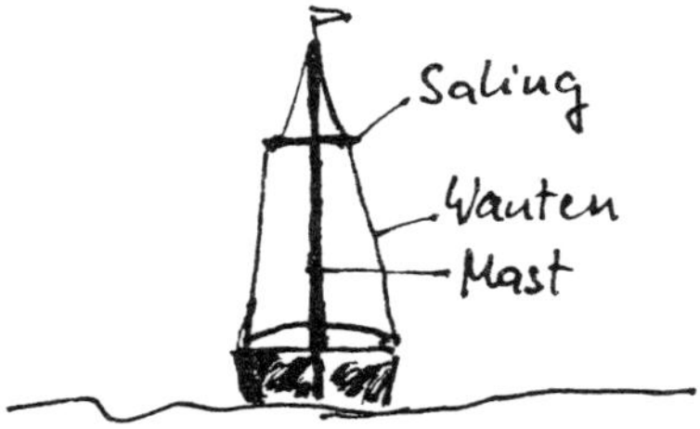

An dem Nachmittag traf ich mich mit Benno. Wir fuhren mit der S-Bahn zum Dammtor und gingen zum Staatsarchiv. Der Pförtner wollte uns gar nicht reinlassen. Erst als Benno sagte, wir wollten im Unterricht etwas über Störtebeker erzählen, schickte er uns zu einem Archivar.

Donnerwetter, staunte der Archivar, ihr geht das ja richtig wissenschaftlich an. Er telefonierte, und nach einiger Zeit kam ein Mann in einem blauen Kittel und brachte uns ein Bündel Papiere. Das ist eine Kopie der ersten kartografischen Darstellung. 15. März 1594 von Johan Schröter.

Meine Güte, sagte Benno, darauf kann man ja kaum etwas erkennen.

Ja, so ist das, sagte der Archivar, die Karten waren damals recht ungenau.

Gibt es noch eine ältere Karte?

Ja, die Elbkarte von Melchiorlorichs. 1568.

Und die Akten über Störtebeker?

Nur der Bericht über das Urteil gegen Störtebeker.

Von dem Schatz stand da nichts drin. Als ich nachfragen wollte, brachte mich Benno mit einem Blick zum Schweigen.

Später, als wir wieder zum Dammtor gingen, sagte er, ist doch klar, wenn es einen Hinweis gäbe, hätten die den Schatz längst gehoben. Und wenn du den Archivar fragst, kommt der auf den Gedanken und beginnt den Schatz zu suchen, dann ist das Gold flöten. Nee, besser nicht.

Das war schon sehr geschickt, wie Benno das angestellt hatte, um an die Karten heranzukommen.

Benno entfaltete in den nächsten Tagen eine unglaubliche Geschäftigkeit, wie als Ausgleich für die Schule, wo er ja bloß stumm dasitzen musste, das heißt, er las, und nur, als er einmal eine Seite etwas laut umblätterte und mir etwas zuflüstern wollte, fauchte ihn Schaper an: Du kannst von mir aus tun, was du willst. Du kannst auch so tun, als ob du liest, aber wenn, dann bitte leise, so leise, dass man dich nicht hört, keinen Pieps. Hast du verstanden!

Benno nickte.

Gleich nach der Stunde trafen wir uns, und Jan sagte: Bei Schaper piept's mal wieder. Wenn wir den Schatz gefunden haben, kauf ich mir ein Auto mit Chauffeur, und dann lass ich mich morgens zur Schule bringen, und jedes Mal, wenn Schaper zum Bus geht, hupt der Chauffeur, ich grüße dann wie ein König. Was macht ihr mit dem Geld?

Georg wollte einen Bauernhof kaufen.

Und du, fragte mich Jan.

Ich weiß es nicht. Ich dachte nach. Ich musste es mir noch überlegen.

Und Benno?

Ich kauf mir ein Segelschiff, ein großes, und dann mach ich eine Weltreise. Ich segele nach Pitcairn.

Aha, dachte ich, Benno hatte also mein Lieblingsbuch gelesen: „Die Meuterei auf der Bounty".

Benno fragte Jan: Hast du deinen Vater nach dem Medemsand gefragt?

Ja, der sagt, der Medemsand verändert sich nicht so schnell.

Aber das wusste Benno inzwischen schon von den alten Karten, die er studiert und abgepaust hatte.

Wir müssen ein Boot auftreiben, wir segeln einfach runter.

Da komm ich mit, sagte ich sofort.

Jan rieb sich bedächtig das Kinn. Moment mal, sagte er, das ist nichts für Mädchen.

Wieso, fragte ich patzig.

Geht nicht: Frauen und Feuer an Bord bringen Sorgen in einem fort, hat schon mein Großvater gesagt, und der ist vierzehn Mal um Kap Horn gesegelt.

Zeig mal deine Hand, sagte ich zu Jan und lächelte ihn dabei freundlich an. Er hielt mir die rechte Hand hin, ich packte sie und drehte sie ihm blitzschnell auf den Rücken und drückte den Arm hoch, sodass er sich nach vorn beugen musste, sogar in die Knie ging. Er quiekte: Aua!

Sag das noch einmal, von wegen nichts für Mädchen.

Ich nehme alles zurück.

Gut, sagte ich und ließ los. Freundschaft.

Ich machte damals einen Kurs für Jiu-Jitsu. Das war zu der Zeit für Mädchen noch recht ungewöhnlich, und darum konnte ich auch größere Jungen mit meinen Kniffen überraschen.

Ich komme mit, sagte ich nochmals bestimmt, ihr braucht mich nämlich.

Sie kann ja kochen, sagte Georg.

Nix da. Aber ich hab' einen Erste-Hilfe-Kurs gemacht.

Das stimmt, sagte Benno.

Also gut, sagte Jan.

Was heißt hier gut, fauchte ich ihn an, du hast doch gar nichts zu sagen.

Hört auf mit der Streiterei, sagte Benno, erst mal müssen wir ein Boot haben.

Die Jolle von Jan war viel zu klein. Mit seinem Boot, das nur ein Segel hatte, konnte man höchstens zu zweit segeln, aber niemals zu viert. Und dann konnte man mit dem Boot auch nicht so weit stromab fahren.

Am selben Nachmittag gingen wir zu dem Bootsbauer Harms in Övelgönne. Ob er uns ein Boot leihen könne?

Nee. Aber er kannte jemanden, der ein Boot ganz billig verkaufen wollte, einen alten hölzernen Jollenkreuzer der P-Klasse. Das Boot ist ziemlich kaputt, sagte er, und muss erst mal repariert werden.

Er zeigte uns das Boot, das bei ihm in einem Schuppen lag. Der Besitzer wollte 250 Mark haben. Das hört sich heute recht billig an, war aber damals, also 1954, sehr viel Geld.

Das Boot war, wie uns Bootsbauer Harms erklärte, aus Eiche gebaut. Hatte eine kleine Kajüte, deren Dach mit Leinen überzogen und mit weißer Ölfarbe gestrichen war.

In der Kajüte waren zwei Kojen, ein kleiner Schrank, ein Bord für Tassen und Teller, Messer und Gabeln. Die Kajüte sah richtig gemütlich aus.

Vorn, im Bug, kann noch ein Kleiner schlafen, sagte der alte Harms, und der Größte hinten, in der Plicht. Mir war sofort klar, dass ich vorne schlafen musste, denn ich war die Kleinste. Und Georg, der längste, fragte auch gleich: Ich soll wohl im Freien schlafen?

Nee, natürlich nicht, da decken wir die Persenning drüber.

Es sind mehrere Spanten gebrochen, und einige Planken sind ziemlich morsch, sagte Harms, könnt ihr aber selbst richten. Ich zeig euch, wie man das macht. Lackieren müsst ihr das Boot dann auch noch. Der Lack ist nicht billig. Vielleicht könnt ihr den Mann im Preis etwas herunterhandeln.

Er gab uns die Adresse des Besitzers.

Zunächst mussten wir unser gespartes Taschengeld zusammenrechnen. Ich hatte am meisten: 120 Mark. Donnerwetter, staunte Georg. Jan hatte 75 Mark. Benno 35 und Georg nur 15 Mark. Das machte zusammen 245 Mark.

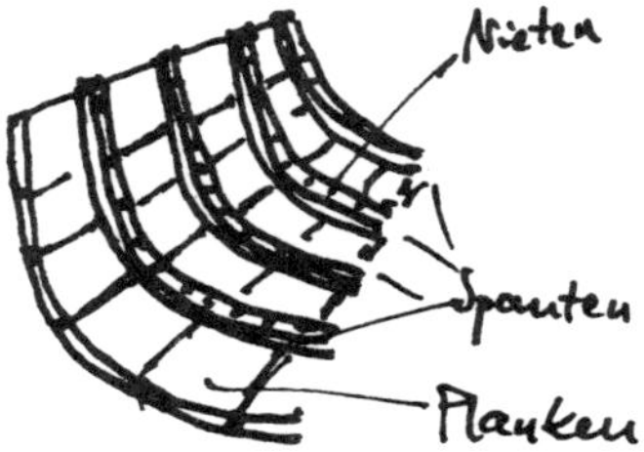

In der nächsten Deutschstunde saß Benno da und las nicht mehr. Er schrieb.

Schaper stutzte, als er Luft schreiben sah. Ah, sagte er, geht's wieder in den Schungell? Benno sagte nichts. Schaper musste jetzt reagieren. Er nahm Benno das Blatt weg. Rechnen, wie interessant. Was ist denn das?

Benno schwieg.

Unser Rechenkünstler, sagte Schaper und zerknüllte das Blatt. Benno blieb ganz ruhig. Er holte sich ein anderes Blatt heraus. Und begann wieder zu rechnen. Keiner hörte mehr hin, als Schaper den Sinn der Vorgangsbeschreibung erklärte. Denn zwischen Benno und Schaper war es zu einem offenen Kampf gekommen, die beiden wussten es, und die in der Klasse wussten es auch. Es war mucksmäuschenstill. Was würde Schaper tun, wenn Benno weiterrechnete. Schaper ging langsam zu Benno, griff sich das Blatt, zerknüllte es. Benno holte das nächste Blatt heraus, rechnete. Schaper zerknüllte es. Das alles geschah schweigend, ohne dass Schaper etwas sagte, ohne dass Benno etwas sagte. Benno holte ein Heft aus der Mappe und rechnete. Ich sah, wie Schaper mit sich kämpfte: Das Heft wegzunehmen, das hieße ja, Benno solle dem Unterricht folgen. Das Heft zerreißen? Das ging nicht, es war ein Mathematikheft. Schaper nahm ihm das Heft weg. Da schrieb Benno sich die Zahlen in die Hand. Er rechnete in die Hand hinein. Es war ganz still in der Klasse. Was würde Schaper tun?

Schaper begann plötzlich zu brüllen. Raus, brüllte er. Raus!

Danke, sagte Benno. Stand auf und ging hinaus. Schaper tobte: Es wird Zeit, dass dieser Typ hier verschwindet. Dem muss man die Hammelbeine lang ziehen.

Nach dem Unterricht kamen sogar welche von der Schleimerkurve zu Benno und sagten: Toll hast du das gemacht.

Was hast du denn gerechnet? wollte ich wissen.

Benno öffnete die Hand. Er hatte vor der Klassentür weitergerechnet. Säuberlich standen die mit Kugelschreiber geschriebenen Zahlen auf seinem Handteller.

Ich habe mich gestern erkundigt, was der Lack, was die Eichenspanten und was die Messingnieten kosten. Das sind noch mal 55 Mark. Wir schaffen das, wenn wir den Besitzer noch etwas herunterhandeln.

Ich spar eigentlich auf ein Fahrrad, sagte Jan, nicht auf ein Boot. Außerdem ist das doch nicht gleich verteilt, und so was bringt immer Streit.

Jeder gibt, was er eben geben kann, sagte ich.

Und Georg druckste herum, schließlich sagte er, seine Mutter habe bald Geburtstag, und er wolle ihr so einen kleinen chinesischen Rauchverzehrer für fünf Mark kaufen. Also, er könne jetzt nur zehn Mark einbringen. Er wolle noch etwas Geld mit Gartenarbeit dazuverdienen. Vielleicht nochmals zehn Mark.

An dem Abend fuhren Benno und Jan zu dem Besitzer des Bootes. Jan erzählte am nächsten Tag, sie hätten dem Mann gesagt, sie brauchten das Boot, um den Störtebeker-Schatz zu suchen. Das gefiel dem Mann. Eine Schatzsuche.

Würd ich gern mitkommen, wenn ich nicht mein Geschäft hätte, hatte er gesagt und Benno das Boot für hundertfünfzig Mark überlassen.

Noch am selben Tag begannen wir mit der Reparatur des Bootes. Der alte Harms zeigte uns, wie man in einer Eisenröhre Wasser zum Kochen bringt, dann die Eichenspanten in den Wasserdampf hineinlegt, um sie, wenn sie weich gekocht sind, nach einer Schablone rundzubiegen. Durch die Planken und durch die Spante wurden Löcher gebohrt, Nieten hineingeschoben, und die wurden dann von innen mit einem Hammer platt geklopft. Von außen musste einer mit einem Eisen gegen den Nietenkopf drücken. Die Planke wurde so fest an die Eichenspante gezogen. Wir haben an jeder Bootsseite sechs gebrochene Spanten erneuert. Genauer gesagt, Georg nietete. Er machte das sehr geschickt; er arbeitete genau und schlug nicht daneben, was Dellen im Holz oder blaue Flecken am Daumen gegeben hätte.

Dich würde ich sofort anheuern, sagte der alte Harms. Wenn du mal die Nase voll hast von der Schule, kommste zu mir.

In den nächsten vier Nachmittagen kratzten wir den alten Lack vom Boot ab. Das war eine anstrengende Arbeit, die aber gemacht werden musste, damit das Holz nicht faulte. Dann mussten wir das Holz noch säuberlich abschmirgeln. Erst danach konnten wir streichen. Natürlich wollte jeder von uns streichen. Also lösten wir uns viertelstündlich ab. Der Lack musste trocknen. Am nächsten Tag wurde er mit einem ganz feinen Schmirgelpapier wieder aufgeraut, und abermals musste das ganze Boot gestrichen werden. Insgesamt fünfmal.

Jeden Tag, gleich nach dem Mittagessen, radelte ich mit meiner Bratsche los, sagte zu Hause, ich müsse zur Probe für das Abschlussfest. Was tatsächlich stimmte. Aber es stimmte nicht ganz. Ich spiele nämlich Bratsche, und wir übten ein kleines Musikstück zum Schulschluss ein. Gleich nach der Probe fuhr ich runter zur Elbe, schmirgelte, schabte und strich.

Meine Güte, sagte meine Mutter nach einer Woche, sag mal, was machst du bloß mit deinen Händen? Die Hände waren rau und rissig, die Blasen aufgeplatzt, und der Nagel des kleinen Fingers hatte sich entzündet.

Das sieht aus, als würdest du dir eine neue Bratsche basteln. Oder wird das eine Überraschung zum Schulschluss?

Ja, sagte ich, ist aber ein Geheimnis.

Es ist ja eine Kunst, etwas zu verschweigen, ohne zu lügen.

Drei weitere Nachmittage haben wir zu viert stramm gearbeitet, dann, nach dem letzten Pinselstrich, standen wir vor dem Boot und betrachteten unser Werk.

Es glänzte in der Sonne, und die Maserung der Eichenplanken leuchtete hell unter dem Lack.

Da steckt nun mein Fahrrad drin, sagte Jan, aber er sagte das keineswegs mit einem Bedauern, sondern recht zufrieden.

Das Focksegel muss auch geflickt werden. Ihr habt doch zu Hause eine Nähmaschine, kannst du nicht einen Flicken auf den Riss nähen, aber hübsch sauber, damit das Segel keine Falten wirft.

So nähte ich, wenn meine Mutter nicht zu Hause war, Flicken auf das Segel. Dafür habe ich ein altes Kleid meiner Mutter zerschnitten.

Das Kajütdach musste noch ausgebessert und auch der Mast neu gestrichen werden. Jan und Georg wollten eine Pause machen. Benno war strikt dagegen: Wir müssen unbedingt an dem Tag, wenn die Schule aufhört, fertig sein, und zwar zum Ablegen.

Wir haben doch die ganzen Ferien Zeit.

Aber Benno drängte. Könnte sein, dass uns jemand beobachtet hat. Oder jemand hat Wind von der Sache bekommen, der Archivar zum Beispiel.

Das konnte gar nicht sein, man merkte, Benno wollte einfach weg, und zwar am ersten Ferientag.

Ich sprang Benno bei: Wir können nur in der ersten Woche lossegeln, denn in der zweiten Ferienwoche muss ich mit meiner Mutter nach Sylt fahren.

Einmal, an einem Sonntag, als ich das Rad holte und aus dem Vorgarten schob, fragte mein Vater, wo willst du denn hin?

Ein altes Boot streichen.

Gut so, sagte er, der immer dafür war, dass Mädchen genau das Gleiche machen wie Jungen. Er trug seine Arzttasche zum Auto. Aber ja nicht auf der Elbe segeln und wenn, dann nur mit einem Erwachsenen. Hörst du?

Ja, ja.

Wem gehört denn das Boot?

Benno, sagte ich. Was ja nicht gelogen war, nur etwas geschwindelt, denn genau genommen gehörte das Boot ja auch mir – zu einem Viertel. Und Schwindeln bedeutet ja nur, etwas von der Wahrheit abzuweichen.

Können die sich ein Boot leisten? fragte mein Vater. Denn er kannte Bennos Vater, der hin und wieder zu ihm in die Praxis kam, um den Strom abzulesen.

Es ist ein uraltes Boot.

Also macht ja keine Dummheiten. Die Elbe ist gefährlich.

Nein, sagte ich. Benno weiß nicht einmal, ob das Boot schwimmt.

Also passt gut auf! sagte mein Vater, stieg ins Auto und fuhr zu einem Patienten.

Ich war mit meinen Eltern im Großen und Ganzen zufrieden, nur dass sie so fürchterlich ängstlich waren, das ging mir ziemlich auf den Wecker. Heute muss ich sagen, sie hatten Recht.

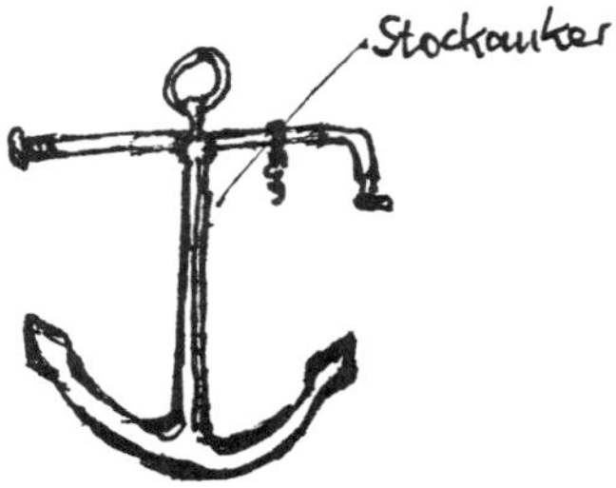

Zwei Tage vor Ferienbeginn hatten wir es geschafft. Das Boot war fertig, und damit kam der Tag des Stapellaufs.

Wie soll das Boot denn heißen? fragte der alte Harms.

Georg wollte es „Unda“ nennen. Und Jan: „Bunte Kuh“. Benno wurde richtig wütend: Das fehlt noch, das Schiff nach der „Bunten Kuh“ zu nennen. Die „Bunte Kuh“ war doch das Schiff der Hamburger, das Störtebeker aufgebracht hat. Also nee. Und „Unda“, die Welle auf lateinisch, du lieber Himmel, da denkt man doch wieder an Schule und an Schaper.

Wie wär's mit „Tahiti“, fragte ich, denn ich hatte, wie gesagt, gerade die „Meuterei auf der Bounty“ gelesen.

Wir wollen doch nicht in die Südsee, sagte Benno, nein, das Boot muss einen ausgefallenen Namen bekommen.

Nun sag schon, drängte Jan.

Benno zögerte einen Moment.

Also was?

„Freundin der Winde“.

Du liebe Zeit, „Freundin der Winde“, wie sich das schon anhört, brummelte Georg. So feierlich, irgendwie doof.

Um ehrlich zu sein, mir gefiel der Name sofort.

Auch der alte Harms sagte, der Name is schön. Ich bin

mal vor vielen Jahren auf einem Ewer gefahren, der hieß: „De junge Franz fohrt in Hoffnung“.

Wir stimmten ab, Harms durfte auch mitstimmen. Vier zu eins für „Freundin der Winde“. Nur Jan hatte dagegen gestimmt. Ich war dafür, auch wenn ich mich dann darüber geärgert habe, dass Benno schon für den Namen eine Pappschablone ausgeschnitten hatte, die er auf das Heck legte, nachzeichnete, ehe er mit weißer Ölfarbe die Buchstaben ausmalte. Er hätte bestimmt so lange auf uns eingeredet, bis wir mit dem Namen einverstanden gewesen wären. Hätten wir aber für einen anderen Namen gestimmt, hätte er gesagt: Den Namen kann man unmöglich frei Hand malen, und hätte dann seine fertige Schablone hervorgezogen. Er war sonst ja eher still, aber was er sich einmal in den Kopf gesetzt hatte, verfolgte er mit der Zähigkeit eines Bibers, der noch die dicksten Bäume umnagt.

Bootsbauer Harms holte einen Krug mit Wasser, schüttete vier Tütchen Brausepulver hinein, das Wasser schäumte grün auf. Jeder von uns bekam einen Becher voll. Wir stießen an. Die Brause schmeckte nach Waldmeister.

So, sagte der alte Harms und gab mir den Krug, jetzt musst du das Boot taufen. Das machen immer Frauen. Bringt nämlich Glück.

Ich schüttelte also den Rest der Brause über das Boot und rief: Ich taufe dich auf den Namen „Freundin der Winde“.

Schöner Tag heute, sagte der alte Harms und wischte sich die Augen, endlich mal wieder eine richtige Schiffstaufe. Dann ließ er den Wagen samt Boot auf den Schienen ins Wasser rollen. Das Boot schwamm, wir riefen dreimal Hurra, aber das letzte Hurra wollte uns schon nicht mehr aus dem Hals kommen. Denn das Boot ging langsam unter. Wir standen mit unseren Waldmeistergläsern da wie versteinert. Das Boot lag bis zum Kajütdach unter Wasser.

Das darf doch nicht wahr sein, sagte Benno.

Doch, doch. Der alte Harms lachte. Das ist so ganz in Ordnung. Das Boot muss untergehen. Im Wasser quellen die Planken auf, und es wird dicht, erst dann schwimmt es.

Und wie lange dauert das?

Zwei Tage bestimmt. Hat ja lange im Trockenen gelegen. Merkt ihr was? Wenn das Boot mal kentern sollte, es schwimmt. Holz schwimmt ja, wie ihr wisst. Guckt immer noch was aus dem Wasser. Wenn der alte Kahn mal abbuddelt, nie vom Boot wegschwimmen.

Am nächsten Tag war die Jahresabschlussfeier in der Schule. In der Aula versammelten sich alle Schüler und Lehrer. Herr Hubert, unser netter Lehrer, hatte zu Benno am Tag zuvor gesagt: Ich hab dir in Geografie eine Eins im Abgangszeugnis gegeben. Deine Beiträge zur Elbe waren einfach toll. Wirklich schade, dass du mit der Rechtschreibung nicht klarkommst. Zur Abschlussfeier musst du nicht kommen, wenn du nicht magst.

Aber Benno war doch gekommen, was ich sehr tapfer fand. Denn ausgerechnet Schaper hielt die Abschiedsrede. Er redete denn auch von irgendwelchen Bildungszielen, sagte, dass die Lehrer bereit seien, den Schülern, um sie zum Ziel zu bringen, auch Krücken zu geben, aber laufen, laufen müssten sie schon selbst.

Das sagt ausgerechnet Schaper mit seinen Plattfüßen, flüsterte mir Jan zu. Ich musste vor Lachen losprusten, und einen Moment hielt Schaper irritiert inne und blickte wütend zu unserer Ecke herüber, dann fuhr er fort: Wer zu faul ist zum Laufen, der muss die Schule wechseln. Ich sah verstohlen Benno an. Ich wollte ihm zulächeln. Er aber saß da, sehr ernst und ruhig. Doch sein Gesicht war ziemlich rot, vor Aufregung, vor Scham, vor Wut, ich weiß nicht, vielleicht hörte Benno auch gar nicht hin, sondern dachte an das Boot, an unsere Reise und an den Schatz. An dem Tag habe ich mir gedacht, es wäre gut, wenn ich später einmal Lehrerin würde, und ich wollte dann so sein wie der Hubert und bestimmt nicht so wie dieser widerliche Schaper.

Zum Schluss der Feier spielten wir das Musikstück von Mozart, das wir in den letzten Wochen geprobt hatten. Danach klappte ich meinen Bratschenkasten zu, wir standen auf und gingen aus der Schule.

Was für ein wunderbares Gefühl, Ferien zu haben. Nach der Abschlussfeier fuhren wir mit den Rädern zur Elbe hinunter. Das Boot lag bis zur Kajüte im Wasser.

Schwimmt es immer noch nicht? fragten wir den Bootsbauer Harms.

Ihr könnt ja mal ausschöpfen.

Das war eine Arbeit. Mit Eimern schöpften wir das Boot aus; als es leer war, waren wir fix und fertig. Das Boot zog zwar noch etwas Wasser, aber es schwamm. Harms zeigte uns, wie wir den Mast aufstellen mussten und wie die Wanten, das Vorder- und das Achterstag befestigt wurden.

Wir setzten uns auf den Steg und betrachteten die „Freundin der Winde“. Toll sah sie aus, wie sie leise in den Wellen schaukelte, die ein Frachter, der elbabwärts fuhr, aufwarf.

Morgen geht's los.

Auch wenn es regnet?

Und wenn es Kieselsteine regnet, sagte Benno, egal, wir fahren.

Das war leicht gesagt. Denn mir war ja ausdrücklich verboten worden, mit dem Boot auf der Elbe zu segeln. Benno durfte nicht, weil er sitzen geblieben war. Und der Vater von Jan hatte seinem Sohn schon früher verboten, mit einem Boot elbabwärts zu fahren. Das kann lebensgefährlich sein, soll er gesagt haben. Glaub mir, als Lotse weiß ich das. Wir wollten ihm nicht glauben, aber er sollte Recht behalten. Nur Georg, dessen Vater im Krieg gefallen war, hatte es seiner Mutter erzählt. Er erzählte immer alles. Sie kam ihm aber auch nicht alle naslang mit irgendwelchen Verboten. Sie vertraute ihm und er ihr, und sie hatte lediglich gesagt: Pass gut auf dich auf. Und bring dich nicht in Gefahr.

Jan, Benno und ich hatten uns darauf geeinigt, unseren Eltern etwas vorzuschwindeln. Wobei ich gleich doppelt schwindeln musste. Meine Eltern hätten mir nämlich niemals erlaubt, allein mit drei Jungen zu fahren. Was natürlich ganz dumm war, denn das ist die sicherste Sache der Welt, jedenfalls, wenn man mit solchen Jungen wie Georg, Jan und Benno fährt.

Also musste ich eine Radtour mit meiner Freundin Sonja erfinden, die in Wirklichkeit mit ihren Eltern nach

Amrum in die Ferien fuhr. Ich will gleich sagen, dass ich ein ziemlich schlechtes Gewissen hatte. Aber wie das so ist mit dem schlechten Gewissen, es verliert sich ziemlich schnell, wenn man etwas macht, wozu man richtig Lust hat.

Abends packte ich meine Sachen in die Fahrradtaschen, nahm einen Topf mit, Mehl, Zucker, etwas Brot, sechs Würfel mit Hühner- und Rindersuppe. Meine Mutter hatte extra einen kleinen Marmorkuchen gebacken. Erst mochte ich ihn nicht annehmen, weil mich wieder mein schlechtes Gewissen quälte. Meine Mutter bestand aber darauf. Den kannst du dann mit Sonja am Abend essen. Ich habe in dem Moment doch mit mir gekämpft, ob ich ihr nicht die Wahrheit sagen und zu Hause bleiben sollte. Aber dann dachte ich an Benno, den ich nicht enttäuschen mochte, und an Jan und Georg, die sagen würden, typisch Mädchen, die kneift, und außerdem war der Gedanke, dass ich nicht dabei wäre, wenn die Jungen womöglich doch einen Schatz finden, unerträglich.

Meine Mutter hatte Tee gekocht, Zitronensaft hinzugeschüttet, ordentlich gesüßt und den Tee in die alte Feldflasche von meinem Vater geschüttet. Morgens fuhr ich dann voll bepackt mit meinem Fahrrad los, mein Vater war schon in seiner Praxis, meine Mutter winkte. Ich hatte erzählt, dass wir in der Jugendherberge übernachten wollten oder bei Bauern in der Scheune, was meine Mutter wieder bedenklich fand. Man hat es manchmal nicht leicht mit den Eltern.

Am Morgen hatte ich mir eine Nietenhose gekauft, echte amerikanische Jeans, die damals noch sehr selten waren. Meine Mutter war zuerst strikt dagegen. Aber ich hatte sie dann doch überzeugen können. Für eine Fahrradtour braucht man eine strapazierfähige Hose und keinen Rock, der einem beim Fahren immer hoch weht. Das hatte sie schließlich überzeugt, und seit der Zeit trage ich Jeans, und zwar leidenschaftlich gern.

Schwer bepackt fuhr ich mit dem Rad nach Övelgönne hinunter. Am Steg warteten schon Georg und Benno. Ich war natürlich sehr gespannt, was die Jungen zu meinen Jeans sagen würden. Georg brummelte nur etwas wie: Ganz nett. Benno aber sagte: Toll. Er bestaunte den Aufnäher am Hosenbund, der damals noch aus echtem Leder war. Levi-Strauss & Co. Mann, sagte er, da sind zwei Farmer oder Cowboys drauf, mit Pferden, richtig Wildwest. Er fragte nach dem Preis und sagte, Donnerwetter, so viel, na ja, wenn wir den Schatz gefunden haben, kauf ich mir auch Jeans.

Jan kam ein wenig später, musterte mich und sagte nur: Wie siehst du denn aus?

Er zeigte uns die Elbkarte, die er sich, wie er sagte, von seinem Vater „ausgeliehen“ hatte.

Na, denn man to, sagte der alte Harms, ich hab noch was für euch. Er schenkte jedem von uns eine Bootsmannpfeife, die man um den Hals an einer schwarzen Kordel trägt. So, jetzt müsst ihr noch euren Kapitän und euren Expeditionsleiter wählen. Und dann noch einen technischen und ... er stockte, überlegte, was für mich blieb: und eine Köchin.

Nein, sagte ich, ich koche nicht. Ich hasse Kochen. Dann fahr ich nicht mit.

Dann eben nicht, sagte Jan.

In dem Fall will ich mein Geld wiederhaben,

Moment, sagte Harms, klar, du musst 'ne feste Aufgabe haben. Jeder hat an Bord eine feste Aufgabe, sonst kommt es zu Meutereien.

Da sagte Benno: Jutta ist unsere Expeditionsärztin, die hat doch einen Erste-Hilfe-Kurs gemacht.

Sehr gut, sagte der alte Harms, du bist Bordarzt. Kannst dann auch bestimmen, was gegessen wird.

Wir wählten uns gegenseitig und alle einstimmig.

Jan zeigte uns, wo wir unsere Sachen verstauen sollten. Hinten ins Heckluk kamen die Elbkarten, der Proviant, die Erdbeeren, die Georg aus dem Garten seiner Mutter mitgebracht hatte. Benno hatte vier eiserne Rationen besorgt. Das waren in Plastik eingeschweißte kleine Pakete, die man für nur eine Mark aus alten amerikanischen Armeebeständen kaufen konnte. Das Werkzeug, die Seile und all die Bändsel kamen unter die Backbordbank. Backbord ist immer links, erklärte mir Jan, Steuerbord ist rechts. In die Steuerbordbank kamen die Regensachen, und unsere Wäsche und Pullover. Vorn, im Bug, wurden der Anker und die Ankerleine verstaut. Dort lagen auch die beiden Säcke mit den Segeln. Auf die Kojen legten wir die Luftmatratzen, die Decken und den Zeltsack, die beiden Spaten, Sachen, die Jan und Benno schon am Abend zuvor hergefahren hatten.

Sieht aus, als wollt ihr 'ne Weltumseglung machen, sagte Harms. Nun müsst ihr mir noch eins verraten: Wohin soll's denn gehen?

Erst Schweinesand, sagte Benno, der inzwischen alle

Inseln, Sände, Riffs in der Elbe auswendig kannte.

Na, das ist ja nicht so weit, dann mal Mast und Schotbruch. Wir wollten gerade ablegen, da fragte Harms: Habt ihr denn Schwimmwesten an Bord?

Nee.

Mann in ne Tünn. Wartet mal, ich hab noch eine. Er ging so schnell er konnte in den Schuppen und holte eine alte Schwimmweste aus Kork und warf sie uns ins Boot. Ohne diese Schwimmweste könnte ich das alles nicht mehr erzählen.

Wir segelten unter vollem Zeug. Das sagte Jan, so als hätten wir 28 Segel. Die Jolle hatte aber nur zwei Segel, das Großsegel und die Fock. Das Boot lag ziemlich schräg, und am Anfang hatte ich mächtig Angst, dass wir kentern könnten. Natürlich sagte ich nichts, sondern krallte mich möglichst unauffällig fest, wenn die Wellen ins Boot schwappten.

Wir mussten kreuzen, denn der Wind kam genau aus der Richtung, in die wir wollten, also von der Nordsee. So fuhren wir im Zickzack von einem Ufer der Elbe zum anderen. Nach gut einer Stunde hatte ich keine Angst mehr vor der Schräglage, im Gegenteil, es war ein tolles Gefühl, so ein Kribbeln im Bauch, wenn sich das Boot unter dem Winddruck schräg legte, wenn das Wasser an den Kajütfenstern vorbeigurgelte. Wir mussten dann alle auf der hohen Kante des Boots sitzen, um es besser zu trimmen, also aufrechter zu segeln.

Ich lernte eine Menge neuer Wörter. Als Benno den Jan an der Pinne ablöste, zeigte der mir, wie man Knoten macht. Knoten sind sehr wichtig. Sie müssen halten, müssen sich aber auch leicht wieder öffnen lassen. Man muss Knoten mit geschlossenen Augen machen können, sagte Jan, und ich hörte dabei seinen Vater heraus. Jan fehlten eigentlich nur noch der rote Bart und die Pfeife, die sein Vater immer zwischen den Zähnen hatte, so eine ganz kurze Stummelpfeife.

Ich lernte, woher der Wind kommt und wie man Böen rechtzeitig erkennt. Man sieht die Böen nämlich, sie rauen die Wasseroberfläche dunkel auf, kommen näher, und wenn die Bö in die Segel fällt, muss man mit dem Bug höher an den Wind gehen, dann richtet sich das Boot wieder auf. Dabei ächzt der Mast, und in den Wanten pfeift der Wind. Ich bewunderte Jan, wie er all die Dinge an Bord benennen konnte, wie er sich auf der Elbe auskannte, was er alles bemerkte, was ich nun zum ersten Mal sah, und was auch seinen Namen bekam: Spierentonnen und Spitztonnen. Ich lernte, was die Fahrrinne ist und wann man noch vor einem Frachter kreuzen darf und wann nicht.

Klar zum Wenden, sagte Jan, dann musste ich das Seil, die Schot, von der Fock loslassen. Jan sagte: Ree, und er legte die Finne hinüber, und mit einem Rauschen der Segel ging der Bug durch den Wind.

Jan wirkte irgendwie größer und erwachsener, wenn er seine Kommandos gab und das Boot steuerte, und er kam mir auch nicht so neunmalklug vor, denn er erklärte nur, was er tat, und er machte das ohne angeberischen Ton.

Er ließ mich auch steuern, dabei hielt er meine Hand, um mir zu zeigen, wie gefühlvoll man die Pinne bedienen musste. Ich konnte mich aber gar nicht auf das Steuern konzentrieren, weil mir alles Mögliche durch den Kopf schoss, mir wurde richtig heiß, ich sagte mir, eigentlich müsstest du ja deine Hand wegziehen, aber die Hand von Jan fühlte sich kräftig und doch so weich an, dass ich meine Hand nicht wegzog. Im Gegenteil: als er seine Hand schließlich wegnahm, drückte ich die Pinne absichtlich in die falsche Richtung, damit Jan wieder nach meiner Hand griff.

Benno musste uns beobachtet haben: Ganz plötzlich wollte er nicht mehr weitersegeln, sondern sofort vor Anker gehen. Wir hatten gerade den Schweinesand erreicht. Das ist eine Insel, die vor Blankenese liegt. Ich spürte, Benno wollte nur Jan und mich am Steuer trennen. Und das Sonderbare war: ich freute mich darüber, dass Benno sich ärgerte. Er war auf Jan eifersüchtig, was er natürlich nicht zugab, er wiederholte nur: Wir müssen sofort am Schweinesand ankern.

Warum? wollte Jan wissen, wir sind doch gerade so gut in Fahrt.

Wir brauchen Frischwasser.

Ach was, wir haben genug Wasser an Bord. Außerdem gibt es auf dem Schweinesand kein Wasser.

Aber wir sollten unbedingt den Schweinesand untersuchen, sagte Benno. Wisst ihr eigentlich, woher der Name kommt?

Nee.

Als die Hamburger das Schiff von Störtebeker gekapert hatten, begann Benno hastig zu erzählen, da haben sie auf dem Schiff auch zwei zahme Schweine gefunden. Das Männchen hieß Baro, das Weibchen Jule. Die waren so zahm, dass sie wie Hunde gehorchten. Ganz dicht lagen sie neben dem gefangenen Störtebeker, den die Hamburger mit einem Halseisen an den Mast gekettet hatten. Als die Hamburger Kogge nun nahe an dieser Insel vorbeisegelte, da steckte Störtebeker jedem Schwein einen Lederhandschuh ins Maul und befahl: Los, Baro! Los, Jule! Springt über Bord! Die Handschuhe sollten sie wohl seiner Frau bringen, als Zeichen, dass die Hamburger ihn gefangen hatten. Zack sind die Schweine, noch bevor die Hamburger zugreifen konnten, über Bord gesprungen und zur Insel geschwommen. Dort sind sie dann aber geblieben und haben sich vermehrt. Und seitdem heißt diese Insel: Schweinesand.

Toll, sagte Georg.

Ich hatte über der Erzählung ganz Jans Hand vergessen, die immer noch auf meiner lag.

Jan sagte, das ist wieder eine deiner Spinnereien. Alles Quatsch. Auf der Insel gibt es gar keine Schweine. Wenn wir jetzt ankern, können wir heute nicht mehr weitersegeln, weil bald die Flut einsetzt.

Ich denke, wir sollten den Schweinesand untersuchen, sagte Benno. Vielleicht finden wir ja noch einen Handschuh von Störtebeker. Die waren nämlich mit Silber beschlagen.

Quatsch.

Ihr habt mich zum Expeditionsleiter gewählt.

Aber ich bin der Kapitän, sagte Jan, ich bestimme die Schiffsführung.

Ich zog meine Hand unter Jans hervor und überließ Jan die Pinne.

Georg schlug vor, einfach darüber abzustimmen, ob wir weitersegeln sollten oder nicht. Jan lehnte das ab: Der Kapitän trägt die Verantwortung für Schiff und Besatzung. Der Kapitän hat das letzte Wort. Darüber kann man nicht abstimmen. Jan klang plötzlich wieder wie sein Vater.

Keine vier Stunden, nachdem wir losgesegelt waren, kam es fast zu einer Meuterei.

Georg, der auch unbedingt zum Schweinesand wollte, sagte: Wir können ja den Kapitän neu wählen. Wenn ihr euch nicht einigen könnt, dann schlage ich mich zum Kapitän vor.

Das kommt nicht in die Tüte. Da mach ich nicht mit, sagte Jan.

Du kannst ja an Land gehen, sagte Benno, wir können dich am Ufer absetzen.

Du hast wohl einen Knall. Das ist Meuterei. Außerdem gehört das Boot auch mir. Mehr sogar als euch beiden, sagte Jan, ich hab' nämlich mehr bezahlt, als ihr beide zusammen.

Ich versuchte, den Streit zu schlichten, und schlug vor, erstmal hinter dem Schweinesand zu ankern. Wir essen den Kuchen von meiner Mutter und trinken etwas Zitronentee, und dann sehen wir, ob wir noch weitersegeln wollen oder nicht.

Plötzlich waren alle einverstanden. Ich konnte es fast sehen, wie ihnen das Wasser im Mund zusammenlief. Seit dem Morgen hatten wir nichts gegessen. Außerdem mochte Benno den Marmorkuchen meiner Mutter besonders gern. Er war nämlich immer mit viel Schokolade gebacken.

Jan manövrierte das Boot hinter den Schweinesand, in eine schmale Durchfahrt, die den Sand vom Festland trennt. Jetzt lag die Fahrrinne, in der die großen Schiffe in Richtung Hafen oder Nordsee fuhren, auf der anderen Seite der Insel. Sie war dicht mit Bäumen und Weidenbüschen bestanden. Ein schmaler Sandstrand lag vor uns, und das Wasser war ruhig, weil der Nebenarm der Elbe hier recht flach war.

Georg musste auf Kommando: Anker fallen! den Anker ins Wasser werfen. Lass die Kette auslaufen, sagte Jan, und gib noch gut zehn Meter Ankerleine.

Langsam trieb das Boot an der Ankerleine in die Nähe des Strandes. Benno musste das Schwert hochziehen. Wir holten die Segel nieder.

Ich packte den Kuchen aus, kramte die Feldflasche mit dem Zitronentee aus der Backskiste und schnitt für jeden von uns ein Stück Marmorkuchen ab. Ich achtete beim Abschneiden genau darauf, dass alle Stücke gleich groß waren. Wir saßen in der Nachmittagssonne, tranken eiskalten Zitronentee und aßen Kuchen, und alle waren zufrieden.

Toll, so eine Insel.

Das sind eigentlich zwei Inseln, erklärte uns Benno, der Inselspezialist. Ganz früher waren es sogar drei, die langsam durch Versandung zusammengewachsen sind: der Schweinesand, der Neßsand und der Hanskalbsand. Auf einer Karte von 1837 kann man das noch deutlich sehen. Ist schon toll, wie aus einem Sand so langsam durch Aufschwemmung eine Insel entsteht.

Vielleicht sind ja doch noch die Schweine auf der Insel, sagte ich.

Glaub ich nicht, brummelte Jan. Der Schweinesand liegt zu dicht vor Hamburg. Außerdem hätte mir das bestimmt mein Vater erzählt.

Aber ich sah, wie Jan doch neugierig geworden war. Nachdem er das Stück Kuchen aufgegessen hatte und sogar die Krümel, die ihm auf die Bank gefallen waren, mit dem Finger aufgetupft hatte, sagte er: Gut, wir bleiben hier vor Anker liegen und sehen uns die Insel mal an.

Aber von jetzt an bestimme ich, sagte Benno. Schließlich bin ich der Expeditionsleiter. Jan, du bleibst an Bord, und wir untersuchen die Insel.

Jan moserte natürlich. Er wollte mitkommen.

Du bist der Kapitän, sagte Benno, da musst du auch auf das Boot aufpassen. Bei Gefahr pfeifst du einmal lang mit der Bootsmannpfeife. Wenn wir dich rufen, pfeife ich zweimal. Du antwortest bei „verstanden“ mit dreimal pfeifen.

Benno hatte den Peekhaken mitgenommen und war an den Strand gewatet. Georg und ich folgten ihm. Barfüßig, die Hemdzipfel zusammengeknotet, den Peekhaken in der Faust, sah Benno wie ein richtiger Seeräuber aus. Das war wohl der Grund, warum sich Georg am Ufer sofort einen langen Weidenstock abschnitt und ihn an einer Seite zu einem Speer zuspitzte. Ich ging unbewaffnet in der Mitte. Wir arbeiteten uns langsam durch das dichte Weidengestrüpp voran. Bis uns ein lautes Rascheln und Knacken erstarren ließ, und dann – mir sträubten sich die Haare – hörten wir ein wildes Grunzen. Etwas Schwarzes, Dickes wühlte sich aus dem Gebüsch, preschte auf uns zu, ein Tier, ein riesiges Wildschwein. Schnell versuchte ich, auf eine Erle zu klettern. Es war ein kleines, schmächtiges Bäumchen. Es schwankte unter meinem Gewicht und bog sich langsam zu Boden. Auch Benno war auf einen Baum geklettert, hatte aber wenigstens eine dicke Weide erwischt.

Nur Georg war nicht weggelaufen, der stand da und wollte sich über uns kaputtlachen. Mensch, das ist doch ein ganz normales Hausschwein, nur dreckig und etwas zottig.

Das Schwein beschnüffelte uns kurz, dann drehte es

um und lief zurück. Wir schlichen hinterher. Das Schwein trottete gemächlich auf einem Pfad durch das Weidengebüsch, bis zu einer Lichtung. Dort stand auf Pfählen eine Hütte aus Brettern. Vor der Hütte war eine Veranda. Auf der Veranda stand ein Schaukelstuhl. Hühner liefen herum, ein Hahn krähte, zwei Ziegen grasten. Das Schwein quiekte aufgeregt.

Was ist denn los, Caesar? rief eine Stimme aus dem Inneren der Hütte. Kurz darauf erschien ein Mann mit einem dichten rotblonden Bart und langen Haaren in der Tür. Er trug einen zerschlissenen, blauweiß gestreiften Fischerkittel. In dem Lederkoppel steckte ein langes Messer. Er ging die Holztreppe hinunter, barfuß, die Hosenbeine zerrissen. Das Schwein trottete auf ihn zu, und er kraulte ihm eines der großen Schlappohren. Dann blickte er in unsere Richtung.

Hallo, rief er und winkte Benno zu. Komm, Springender Hirsch, lass uns die Friedenspfeife rauchen.

Damit bist du gemeint, sagte ich und musste kichern, weil der Mann glaubte, Benno spiele einen Indianer.

Benno trat aus den Weidenbüschen heraus, benutzte den Peekhaken wie einen Stock, umso deutlich zu machen, dass er kein Springender Hirsch sei. Bestimmt wäre es ihm lieber gewesen, hätte der zottelige Mann ihn Störtebeker gerufen. Aber der rief nochmals: Springender Hirsch, komm zu meinem Wigwam, bring auch die Lahme Eule und die Fette Ente mit. Georg und ich wechselten einen kurzen Blick, und der sagte: Du bist die Fette Ente. Wobei ich betonen muss, weder Georg noch ich waren fett.

Vorsichtig, flüsterte Georg.

Der Mann kam auf uns zu, sehr würdevoll und das, obwohl er in Lumpen ging. Ich bin der König von Albanien.

Albanien, soviel wusste ich, war ein kleines Land, irgendwo in Europa.

Benno, der in Erdkunde ja sehr gut war, fragte: Sie kommen wirklich aus Albanien?

Ja. Ich wurde vor einigen Jahren aus meinem Land vertrieben. Er winkte uns zu sich heran und fuhr leise fort: Jetzt will man mich auch von hier vertreiben. Und – er blickte sich misstrauisch um – man sucht meine Kunstsammlung.

Caesar, rief er dann. Mein Minister ist momentan nicht da. Eine auswärtige Verpflichtung. Mögt ihr Pfannkuchen?

Benno sagte etwas verwirrt: Ja. Natürlich.

Ich hole jetzt meinen Eierkorb. Er ging laut singend und grunzend zur Hütte.

Mann, der hat doch einen Sprung in der Schüssel, flüsterte Georg.

Ein Schiffbrüchiger, flüsterte ich, einer, der vor Jahren hier gestrandet ist. Und bis jetzt nicht entdeckt wurde. Der hat den Verstand verloren. Mensch, stellt euch das vor, wenn wir mit der Nachricht nach Hause kommen.

Aber König von Albanien?

Warum nicht, sagte Benno. Wenn du mal König warst, ist es doch besser, auf einer Insel mit Hühnern und Ziegen zu leben als in einer Stadt, wo sich die Leute beschweren, wenn du mal laut bist.

Der Mann kam aus der Hütte heraus, in den Händen hielt er einen Weidenkorb.

Wie sind Sie denn auf diese Insel gekommen? fragte ich. Der Mann beugte sich vor und flüsterte: Heimlich, und dann brüllte er plötzlich ganz laut, sodass wir erschrocken zusammenfuhren: Ein Palastputsch! Er lachte. Sie sitzen im Gebüsch, dort und dort und dort. Jedes Mal zeigte er in Richtung des Weidengebüschs.

Wer sitzt dort?

Die Spione der Gegenpartei.

Wir haben niemand gesehen.

Ha, sagte er, die sind schlau. Die sieht man nicht so leicht. Aber sie beobachten mich auf Schritt und Tritt. Gar nicht hinsehen, sagte er. Wir tun einfach so, als seien sie nicht da. Er flüsterte: Das Militär stürmte meinen Palast. Sie schleppten mich fort, aber ich bin ihnen entkommen. Ja. Er lachte. Ja. Ha! Köpfchen muss man haben. Jetzt bin ich mit meinem Hofstaat hier. Caesar passt auf. Er hat eine gute Nase. Caesar ist ein Menschenkenner.

Wieder kraulte er dem Schwein das Schlappohr. Das Schwein sah ihn aufmerksam an, so als verstünde es ihn. Bei euch hat Caesar nichts gesagt. Indianer mag er nämlich. Pscht, flüsterte er: Ich werde schon bald in mein Reich zurückkehren. Sehr bald. Ich bereite alles für eine Rückkehr vor. Geheimverhandlungen. Wenn ich wieder in meinem alten Palast bin, seid ihr meine Gäste. Ihr werdet in der Staatskutsche abgeholt. Begleitet von Lanzenreitern. Aber, pscht. Wieder legte er seinen Zeigefinger an die Lippen. Also zu niemandem ein Wort, versprochen?

Ja, nur zu Jan.

Wer ist Jan, fragte der König misstrauisch.

Ein Freund, er wartet auf dem Boot.

Gut, dann holt ihn. Er bekommt auch einen Pfannkuchen, sagte er, mit Himbeeren. So schmeckt der, und er küsste sich die schmutzigen Fingerspitzen. Fleisch esse ich nämlich grundsätzlich nicht. Du verstehst das, nicht, Cae-sar? Er hielt dem Schwein die Hand hin, und das Schwein rüsselte ihm tatsächlich vorsichtig die Hand ab.

Wird man nicht schlapp, wenn man kein Fleisch isst, wollte Georg wissen.

Ha, sagte der König von Albanien. Habt ihr ein Fünfmarkstück?

Vielleicht unser Bordarzt, sagte Benno und zeigte auf mich.

Der König von Albanien stutzte, dann sagte er, ach so, ihr kommt nicht vom Stamm der Apachen. Ihr seid eine Gesandtschaft. Von welchem Staat kommt ihr? Andorra? Liechtenstein? Und wohin wollt ihr?

Nein, wir kommen, sagte Benno, also wir wollen ...

Der König winkte ab. Ich verstehe. Geheim. Geheimmission. Natürlich. Hast du ein Fünfmarkstück? fragte er mich.

Ich holte aus dem Brustbeutel ein silbernes Fünfmarkstück.

So, sagte der König, wer von euch ist der Stärkste. Du. Er gab Georg das Fünfmarkstück. Los, jetzt verbieg es.

Georg sah erst den König, dann uns einen Moment ratlos an, dann nahm er das Fünfmarkstück zwischen die Hände und versuchte, es zu verbiegen. Vergeblich.

So, sagte der König von Albanien, gib mal her. Er nahm das Geldstück. Auf dem rechten, ungewöhnlich schiefen und breiten Daumengelenk war ein Anker eintätowiert. Er bewegte den Daumen, ließ ein wenig den Anker tanzen. Hab mir mal auf hoher See den Daumen gebrochen, ist etwas krumm wieder zusammengewachsen. Der Anker bedeutet, dass ich auch Großadmiral der albanischen Flotte bin.

Er nahm das Fünfmarkstück. So, passt mal auf. Und dann spannten sich seine Muskeln, die Adern traten ihm aus den Armen, im Gesicht wurde er rot, knallrot. Ich dachte schon, dem platzt der Kopf. Er schnaufte ein wenig und tatsächlich, langsam, ganz langsam verbog sich das Fünfmarkstück.

Ich habe nie wieder in meinem Leben jemanden getroffen, der Geldstücke verbiegen konnte.

So, sagte er, gab mir das silberne Fünfmarkstück. Jetzt schickt einen Boten zu eurem Freund.

Ich kann mit der Bootsmannpfeife ein Signal geben, sagte Benno. Wenn Sie das nicht stört.

Überhaupt nicht, jedes Trompetensignal ist in meinem Reich erlaubt. Nur das Hupen ist verboten.

Benno blies die Bootsmannpfeife, zweimal, das vereinbarte Zeichen: Jan sollte kommen. Aus der Ferne hörten wir eine Pfeife dreimal antworten.

Der König nahm den Korb und suchte unter den Pfählen, auf denen die Hütte stand. Brav, murmelte er immer wieder, brav. Sie legen fleißig. Sechzehn Eier, das wird für uns reichen. Macht's euch gemütlich, guckt euch um.

Er stieg mit dem Eierkorb zur Veranda hinauf und verschwand in der Hütte.

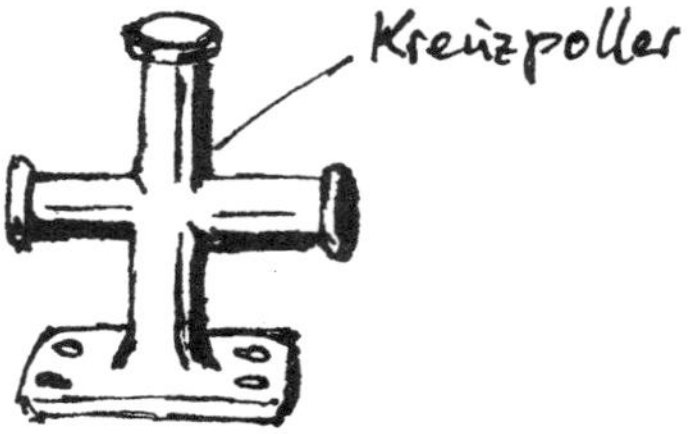

In der Lichtung waren Wälle aufgeworfen, überwachsen von wilden Lupinen und Mohnblumen.

Dazwischen waren Beete angelegt, in sonderbaren Formen. Sie sahen aus wie Schriftzeichen der Keilschrift. Sie waren bepflanzt mit Karotten, Kohl, Kohlrabi, Kartoffeln, dazwischen Blumen: Margeriten, Levkojen. Die Beete waren mit Flaschen, deren Hälse nach unten in den Boden gerammt waren, eingefasst. Das Glas leuchtete unter den Sonnenstrahlen in den unterschiedlichsten Farben: Grün, Braun, Gelblich, und einige strahlten in einem wunderbaren Blau.

Der König kam aus der Hütte.

Ja, sagte er, die hab' ich alle am Strand aufgesammelt. Blau ist nämlich meine Wappenfarbe. Blaue Flaschen werden nur sehr selten angespült. Aber ich habe Zeit. Ich warte. Er flüsterte: Flaschenpost. Eine Nachricht aus meinem Reich. Dann ist die Zeit gekommen zurückzukehren. Er kicherte, zog das große Messer aus dem Gürtel, kratzte sich mit der Spitze den Dreck unter dem Daumennagel heraus. Die werden sich wundern. Ich werde alle begnadigen. Da, er zeigte auf ein Beet, das sind die Granaten, die ich schon für den Sturm auf den Palast gesammelt habe. Gut versteckt, nicht? Ha, ha.

Tatsächlich war ein Karottenbeet eingefriedet mit den Kartuschen von Granaten. Der König gluckste wie ein Huhn und ging in die Hütte zurück. Die Hütte war zur Südseite von einer weißen Kletterrose überwuchert.

Sag mal, sind das richtige Granaten? fragte ich.

Nee, sagte Benno, Kartuschen, sind leer.

Hier könnt ich leben, sagte Georg. Aber nicht so ganz allein. Und er sah mich dabei an.

Ja, sagte ich, ich könnte hier auch wohnen. Stell dir vor, man segelt drei Stunden und ist auf einer einsamen Insel.

Wo bleibt nur Jan?

Aus der Hütte hörten wir einen sonderbaren Sprechgesang, unterbrochen von grunzenden Tönen. Caesar, das Schwein, das sich in den Schatten unter der Veranda gelegt hatte, hob den Kopf und grunzte ebenfalls. Der König kam aus der Hütte, er lachte, schwenkte langsam ein löchriges Geschirrhandtuch durch die Luft: die Nationalhymne. Er sang und grunzte. Dieses Grunzen ist das Zeichen der Freude, es bedeutet so viel wie: Lang lebe der König. Man grunzt ja auch im Schlaf. Wo bleibt denn der Weiße Büffel? Ich hau uns jetzt die Eier in die Pfanne. Der König zeigte auf eine riesige gusseiserne Pfanne und verschwand wieder in der Hütte.

Georg tippte sich an die Stirn. Der spinnt, sagte er.

Find ich nicht, sagte Benno, der ist nur etwas sonderbar, einfach anders. Ist doch klar, wenn du allein auf einer Insel lebst. Ich finde den ganz normal.

Aber warum versteckt der sich hier?

Mensch, wenn die Gegenpartei hinter ihm her ist. Auf dieser Insel sucht ihn doch keiner.

Plötzlich hörten wir ein helles Pfeifen, einen langen Dauerton. Jan war in Gefahr. Der König kam aus der Hütte. Angriff? Hat die Kavallerie zum Angriff geblasen? Ha, die schlagen wir zurück. Er lief los, die riesige Pfanne in der Faust. Attacke, brüllte er.

Wir liefen hinter ihm her, in Richtung des Dauertons aus der Bootsmannpfeife. Voran der König, dann Benno mit dem Peekhaken in der Faust, dann ich, und als letzter hinkte Georg hinterher. Jan musste eine schreckliche Angst haben, denn der Pfeifton wurde nur kurz, für das Luftholen, unterbrochen. Wir arbeiteten uns durch das dichte Gebüsch, immer dem Pfeifton folgend, der plötzlich von oben kam, und tatsächlich entdeckten wir Jan auf einer dicken verholzten Weide sitzend.

Vorsichtig, rief er uns zu und zeigte ängstlich hinunter.

Im Gebüsch stand Caesar, das schwarze Inselschwein, und wühlte am Baumstamm herum, so, als versuche es, den Baum samt Wurzeln auszugraben. Richtig gefährlich sah Caesar aus.

Der König von Albanien beruhigte das Schwein und sagte, der Weiße Büffel möge heruntersteigen. Jan kletterte erst nach meinem guten Zureden herunter.

Mann, sagte er, das war ein Schreck, als dieses Vieh aus den Weiden auftauchte. Jetzt versteh ich auch, warum kein Segler hier vor Anker geht.

Der König gab Jan die Hand: Ich bin der König von Albanien. Die Schlacht ist gewonnen, ha. Los, blas mal zum Rückmarsch.

Benno blies kräftig in die Bootsmannpfeife, und wir marschierten zurück.

Sag mal, flüsterte mir Jan zu, was hat denn der?

Nix. Ganz einfach, er ist der König von Albanien.

Jan sah mich an, als hätte auch ich den Verstand verloren.

Als wir auf die Lichtung kamen, sagte der König, jetzt brauchen wir alle was Kräftiges, einen albanischen Pfannkuchen, put, put, put, und er verschwand mit seiner Pfanne in der Hütte.
Der hat doch einen Schuss in der Hacke, meinte Jan. Was macht der?

Warte ab, du wirst es sehen.

Los, deckt mal, rief der König aus der Küche. Draußen auf der Veranda, aber ganz nach Etikette!

Dort war ein Tisch, und auf dem Tisch standen Blechteller und Blechbecher, verbeult, aber sauber abgewaschen. Rostige Messer, die Gabeln waren aus Blech.

Richtig königlich, sagte Jan und stellte die Blechteller hin.

Ich legte Gabel und Messer daneben.

Wie das duftete, uns lief das Wasser im Mund zusammen. Der König von Albanien kam mit der riesigen Pfanne heraus, darin ein dicker Pfannkuchen. Er zerteilte ihn, holte ein Einweckglas mit Himbeermarmelade, öffnete eine Flasche mit Holundersekt. Garantiert kein Feuerwasser, sagte er und goss jedem von uns einen Blechnapf voll. Prost! Wir stießen mit den Blechnäpfen an.

Wir trinken darauf, sagte er, dass ich bald meinen Staatsschatz zurückbekomme.

Und dann haben wir kräftig reingehauen: Pfannkuchen mit der Himbeermarmelade. Fantastisch.

Nach dem Essen wollte uns der König seine Kunstsammlung zeigen. Wir mussten uns extra die Hände in einer Regentonne waschen, dann führte er uns zu einem kleinen Verschlag neben der Hütte, öffnete die Tür, öffnete zwei Holzluken in der Schuppenwand, damit Licht hereinfallen konnte. Da lagen auf selbst gezimmerten hölzernen Regalen hunderte von kleinen Stöcken und Latten, die mit Farbe beschmiert waren. Es waren keine frischen Farben, sondern sie waren abgewaschen, zuweilen wie abgeschmirgelt, sodass die Maserung des Holzes zu sehen war, ich konnte verschiedene Farbschichten erkennen: blau, weiß, rot, gelb, grün.

Wisst ihr, was das sind?

Nee.

Das sind die Stöcke, mit denen die Matrosen in den Eimern die Farbe umrühren. Diese Farbstöcke werden später über Bord geworfen und treiben mal lang, mal nicht so lang im Wasser, bis sie hier angeschwemmt werden. Und dann arbeitet der Wind mit dem Sand daran, der schmirgelt sie ab. Wie gefallen sie euch?

Georg brummelte etwas Unverständliches. Jan flüsterte mir zu: Bei dem ist irgend etwas im Kopf abgeschmirgelt.

Bloß Benno war begeistert: Ist ja toll, rief er und ließ sich die Farbstöcke zeigen.

Ich fand diese Kunstsammlung damals nur ulkig, aber später habe ich oft daran gedacht, an diese merkwürdigen Formen und Farben. Ich habe eine solche Sammlung nie wieder gesehen, weder in London noch Paris oder New York, wo man ja viele merkwürdige Dinge sehen kann. Es war wirklich eine einzigartige Sammlung.

Aber mein Staatsschatz, der fehlt mir leider, sagte der König von Albanien. Pscht, er flüsterte wieder. Ich bin der reichste Mann weit und breit. Er nickte uns zu, plinkerte mit dem linken Auge.

Und wo liegt der Staatsschatz? fragte Benno.

Pscht! machte der König und legte seinen Finger an die Lippen. Dann blickte er zu dem Weidendickicht hinüber. Die Spione sind überall.

Aber er wollte nicht verraten, wer die Spione waren und woher sie kamen.

Es war schon spät und fast dunkel, als wir zu unserem Boot zurückgingen. Wir waren müde, kein Wunder, den Tag über auf dem Wasser und an der frischen Luft. Was für merkwürdige Dinge hatten wir gesehen. Nur Jan konnte sich über diesen sonderlichen Mann noch erregen, wir anderen wateten zum Boot, stiegen ein, rollten die Schlafsäcke aus und legten uns zum Schlafen.

Jan und Benno lagen in der Kajüte auf den Bänken.

Georg in der Plicht, über die wir die Persenning gespannt hatten. Und ich lag vorn, im Bugraum, auf zusammengefalteten Decken, als Kopfkissen einen Segelsack. Ich musste die Beine anziehen, und das, obwohl ich recht klein war.

Ich hatte noch nie gezeltet und natürlich auch noch nie auf einem Boot geschlafen. In den Ferien war ich bis dahin immer mit meinen Eltern weggefahren, gewohnt hatten wir in Hotels oder in unserem kleinen Sommerhaus auf Sylt.

Dreimal hatten wir uns schon gegenseitig Gute Nacht gesagt, aber jedes Mal fing wieder einer an zu reden. Glaubt ihr diese Geschichte mit dem Staatsschatz?

Quatsch, sagte Jan, das ist genauso ein Zeug wie diese Farbeimerstöcke, wahrscheinlich besteht der Schatz aus edlen, verrosteten Konservendosen. Nichts als Strandgut.

Ich fand die Farbstöcke ganz toll, sagte Benno, an jedem Stock ist doch die Farbe von einem Schiff. Kann man sich gut vorstellen: Mit dem einen Stock wurde die blaue Farbe umgerührt, blau wurde der Schornstein gestrichen, mit der schwarzen Farbe wurde der Name des Schiffs nachgepinselt. Ein Matrose sitzt und streicht mit weißer Farbe die Reling, Passagiere spazieren vorbei und schauen ihm einen Moment bei der Arbeit zu.

Von da an waren wir still, und ich war sicher, jeder von uns stellte sich vor, wie er auf einem Segelschiff oder Passagierschiff sitzt und die Reling streicht.

Ich sah durch das offene Luk die Milchstraße. Es war warm. Das Boot schaukelte sacht. Jan schlief schon, ich hörte seinen leisen Atemzug. Wenn ich die Füße ausstreckte, spürte ich mit den Zehenspitzen die Haare von Benno. Ganz vorsichtig fuhr ich ihm mit den Füßen durch die Haare, was für ein Kribbeln, ein Kribbeln, das sich von unten, von den Füßen durch den Bauch bis zum Haaransatz hochzog. Aber Benno rührte sich nicht und sagte nichts, obwohl er doch wach war. Ich hörte es, denn hin und wieder hüstelte er. Sicherlich war er mit seinen Gedanken woanders, wahrscheinlich bei seinem Schatz oder bei diesen Farbstöcken, mit denen er die Farbe auf einem Schiff umrührte, um den Namen des Schiffs nachzumalen: „Freundin der Winde."

Auch Georg war noch wach, er hatte sich aufgesetzt und blickte unter der Persenning zu der Insel hinüber. Ich überlegte, wen ich später einmal heiraten würde, Benno, Jan oder Georg. Jan würde bestimmt einmal ein toller Kapitän werden, aber er musste immer etwas erklären und zeigen, dass er es besser wusste. Georg dagegen war ruhig und hilfsbereit, ohne darüber viel Worte zu machen. Georg hätte ich gern als Bruder gehabt. Benno, ja, aber der hatte immer irgendwelche Geschichten im Kopf. Man wusste auch nie so recht, wenn er etwas erzählte, ob es nicht geschwindelt war. Mich störte das nicht. Aber er war oft weit weg, auch wenn er neben einem saß; sogar wenn man ihm, wie jetzt, mit den Zehen das Haar streichelte, merkte er das nicht, weil er mit seinen Gedanken mal wieder woanders war. Ich konnte mich nicht so recht entscheiden. Aber bis zum Heiraten war ja noch viel Zeit. Leise klatschte ein Seil am Mast, und das Boot wiegte sich wieder in leichten Wellen. So bin ich eingeschlafen.

Morgens wachte ich von einem kratzenden Geräusch an der Bordwand auf. Ich stand vorsichtig auf und blickte aus dem Luk. Der Wind hatte gedreht und unser Boot ins Schilf getrieben.

Benno war schon auf und studierte seine Karten.

Bist du schon lange wach?

Ja, sagte er, ich bin aufgewacht, als es hell wurde. Der Wind hat gedreht.

Wir hörten das Dröhnen eines Motorboots. Wir mussten uns auf das Kajütdach stellen, um über das hohe Schilf hinwegzusehen. Ein großes weißes Motorboot fuhr heran, stoppte, der Anker fiel ins Wasser, und ein Beiboot wurde heruntergelassen. Drei Männer stiegen in das Beiboot und fuhren zum Strand, gaben nochmals Gas, dann zog einer schnell den Außenbordmotor hoch. Das Boot schoss ein Stück weit auf den Strand. Die Männer sprangen aus dem Boot. Der eine zog etwas aus der Tasche. Er hantierte daran herum, dann steckte er es wieder in die Tasche. Ich konnte nicht erkennen, was es war.

Vorsichtig, flüsterte Benno, den Kopf runter. Wir bückten uns.

Was war das?

Eine Pistole, flüsterte Benno.

Ich glaubte ihm nicht, dachte, er übertreibt mal wieder. Vorsichtig lugten wir aus dem Schilf. Die drei Männer verschwanden gerade in dem Weidengestrüpp.

Ich schleich mal hinterher, sagte Benno.

Warte, ich komm mit, sagte ich.

Nee, besser nicht.

Doch, ich komme mit, basta.

Benno weckte Jan und Georg, sagte, sie sollten aufpassen, da seien gerade drei Männer an Land gegangen. Der eine hätte eine Pistole bei sich.

Was? Pistole? Du spinnst mal wieder, sagte Jan, der noch ganz verschlafen war.

Nein, es stimmt.

Benno und ich stiegen ins Wasser und wateten an Land. Vorsichtig, flüsterte Benno. Ich hatte wieder dieses Kribbeln im Bauch, wie bei der Schräglage im Boot.

Vor uns, weit entfernt, hörten wir das Knacken trockner Weidenzweige unter den Schritten der Männer. Hin und wieder sah man eine Gestalt durch das Grün schimmern. Mir schlug das Herz wie ein Hammer in der Brust. Dann kam die Lichtung. Wir versteckten uns hinter einem dichten Brombeerstrauch.

Die drei standen vor der Hütte. Hallo, brüllte der eine. Caesar, das Schwein, schoss aus dem Gemüsegarten hervor und rannte böse grunzend auf die drei Männer zu. Der eine gab ihm einen Tritt in die Flanke, sodass es laut aufquiekte. Es schlug einen Haken und griff die drei Männer wieder an, der eine Mann schlug mit dem Stock nach Caesar. Plötzlich tauchte der König von Albanien aus dem Gebüsch auf.

Caesar, lass ab, rief er. Lasst das Tier in Ruhe, brüllte er die Männer an. Und ging auf sie zu, in der Rechten einen seiner Farbstöcke.

In dem Moment zog der Mann eine Pistole aus der Tasche und sagte zu dem König: Los, leg den albernen Stock weg!

Der König zögerte einen Moment, dann ließ er den blauweißen Stock fallen. So, du bist also noch immer da, sagte der Mann mit der Pistole.

Selbstverständlich, sagte der König, ich werde auch bleiben. Mich bringen hier keine zehn Pferde weg. Und wenn ihr nicht verschwindet, ruf ich meine Leibwache und lass dich verhaften, Geierklaue.

Deine Leibwache? Dass ich nicht lache. Das Schwein da, was? Der Mann grinste, hob die Pistole und schoss wenige Meter vor dem Schwein in den Boden, Erdbrocken spritzen auf. Das Schwein machte einen Satz, quiekte entsetzt und rannte ins Gebüsch.

Der König zuckte zusammen, schaute einen Moment traurig in die Richtung, in der das Schwein verschwunden war, dann reckte er sich entschlossen und sagte: Ich verbiete euch, auf meine Tiere zu schießen. Das ist ein Befehl!

Jawohl, Eure Hoheit, sagte der Mann. Du hast hier zu

verschwinden. Sonst schieß ich nicht auf die Tiere, sondern auf dich, du Idiot. Was du Schwachkopf nicht weißt: Ich bin Kunstschütze, pass mal auf. Er schoss in schneller Folge auf die im Boden steckenden Glasflaschen. Das Glas zersplitterte bei jedem Schuss.

Halt, nicht die blauen Flaschen! schrie der König.

Der Mann griff in die Tasche und holte ein neues Magazin heraus, steckte es in die Pistole. Also? Wann verschwindest du?

Ich protestiere, schrie der König, ich werde internationale Behörden benachrichtigen. Truppen holen.

Halt die Klappe, sonst stopf ich dir das Maul.

Ich verbitte mir den Ton, rief der König, und er sah, wie er dastand mit hoch erhobenem Haupt, wirklich königlich aus, trotz seiner zerrissenen Hose.

Da hob Geierklaue blitzschnell die Pistole, ich schrie vor Schreck auf, leise nur, aber doch so, dass mich alle hörten. Mit zwei, drei Sätzen waren die beiden anderen Männer bei uns und zerrten uns hinter dem Gebüsch hervor. Die Brombeeren zerkratzten mir die Arme, aber ich merkte es in dem Moment gar nicht, denn ich hatte eine wahnsinnige Angst und dachte nur: Jetzt ist es aus.

Lasst die Kinder in Ruhe, schrie der König von Albanien. Sie stehen unter meinem persönlichen Schutz!

Die Männer hielten uns fest. Was sucht ihr hier? fragte der Mann mit der Pistole.

Au, rief ich, loslassen, loslassen! Ich trat nach dem Mann, der drehte mir den Arm um.

Was ist? Wo kommt ihr her? Los, raus mit der Sprache!

Und da sagte Benno, dem der andere Mann den Arm

auf den Rücken gedreht hatte: Wir machen einen Klassenausflug.

Ich muss sagen, ich habe Benno richtig bewundert. Das war wirklich geistesgegenwärtig. Das wäre mir nicht eingefallen, schon weil ich so eine fürchterliche Angst hatte. Denn das war klar, Klassenausflug hieß, dass da noch viel mehr Kinder, zwanzig, dreißig Kinder auf der Insel waren. Aber dann dachte ich – es ist schon komisch, was einem alles blitzschnell durch den Kopf schießt –, es sind ja Ferien. Und da bekam ich nochmals einen tiefen Schreck. Geierklaue musterte uns. Der Mann wirkte nicht unangenehm, nichts, was mir auffiel, auch jetzt, wenn ich versuche, mich zu erinnern. Ich weiß nur noch, dass er nachdenklich mich und dann Benno ansah. Die Pistole hielt er wie vergessen in der Hand. Wenn der Kinder hat, dachte ich, dann wird er sagen: Es gibt keinen Klassenausflug. Ihr habt nämlich Ferien.

Wo ist euer Pauker, und wo sind die anderen? fragte Geierklaue.

Unser Lehrer ist drüben auf dem Festland. Er hat uns rübergebracht, jetzt holt er die anderen. Passen immer nur zwei ins Ruderboot. Wir sollten hier nachsehen, ob es Süßwasser gibt. Für die ganze Klasse.

Nach einem Augenblick machte Geierklaue eine unwirsche Bewegung mit der Pistole und sagte: Lasst sie los!

Die beiden Männer ließen uns sofort los.

So, jetzt verschwindet, sagte Geierklaue.

Wieso, ist doch nicht verboten, hier zu zelten, sagte Benno richtig patzig. Oder?

Werd nicht frech, du Knirps, sonst lass ich dich mal an dieser Knospe riechen, sagte einer der beiden Männer, die uns festgehalten hatten, und er hielt Benno die Faust unter die Nase. Wenn die Knospe aufgeht, dann gehst du ein.

Seht ihr, sagte Geierklaue zu uns, wir spielen auch ein bisschen Räuber und Gendarm. Der König ist nämlich aus einer Irrenanstalt entwischt. Der muss zurück. Wir kommen wieder, sagte der Mann und steckte die Pistole in die Tasche. Die drei verschwanden im Gestrüpp der Weiden.

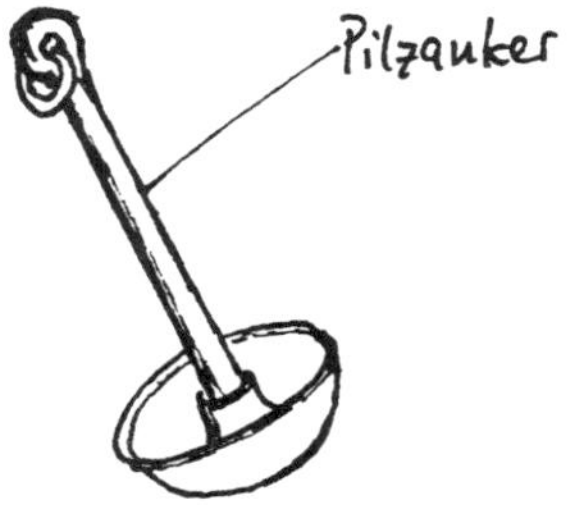

Der König von Albanien untersuchte die zerschossenen Flaschen rings um das Nelkenbeet.

Die schönsten Flaschen, sagte er leise, ausgerechnet die blauen. Er sammelte die Splitter ein. Blaue Flaschen werden doch nur ganz selten angetrieben. Ein, zwei Flaschen im Jahr, höchstens.

Wer war denn das, wollte Benno wissen.

Geheimpolizei der Putschisten. Sie wollen mich von hier verjagen. Sie wollen meine Kunstsammlung, sie suchen meinen Staatsschatz. Sie wollen mich von hier vertreiben. Aber ich gehe nicht.

Was ist denn das für ein Staatsschatz?

Er murmelte: Alles weiß. Weiße Wände, weiße Betten, weiße Uniformen. Nein, ich bleibe. Hier holt mich keiner weg. Ich werde Posten aufstellen.

Sollen wir die Polizei benachrichtigen?

Nein, sagte er, auf keinen Fall, hört ihr, auf keinen Fall. Wenn ihr mir helfen wollt, dann sucht meinen Staatsschatz.

Ein richtiger Schatz?

Ja.

Wo?

Vergraben.

Wo denn, fragte Benno.

Ich bring euch die Karte. Wartet! Er lief zur Hütte, spähte erst mal vorsichtig um sich, dann hob er ein Brett der Veranda hoch und zog eine Rolle heraus. Er kam zurück mit einer in Wachstuch eingerollten Elbkarte. Da, sagte er, das ist mein Reich. Er zeigte auf eine Elbinsel.

Das ist ja der Pagensand, sagte Benno.

Und jetzt wollen sie mich auch hier noch vertreiben.

Aber warum?

Der Gegenkönig, flüsterte er. Er fürchtet meine Rückkehr. Alle warten auf meine Rückkunft. Man wird mir zujubeln.

Und was ist das für ein Schatz, fragte Benno, der natürlich gleich an seinen Störtebeker-Schatz dachte.

Der Staatsschatz, sagte der König.

Sind das alte Münzen?

Nein, Staatsgelder. Gute zweihunderttausend Mark.

Donnerwetter, sagte Benno. Wollen Sie nicht mitkommen?

Unmöglich. Nein, ich kann meinen Hof, meine Untertanen nicht im Stich lassen.

Benno bohrte weiter. Aber wo liegt der Schatz?

Auf der Insel ist mein Palast, hier, er zeigte auf die Insel. Der Palast wurde bei meiner Vertreibung zerstört. Meine Garde hat sich tapfer geschlagen.

Er versank einen Moment ins Grübeln. Also, flüsterte er und sah sich wieder scheu um, wenn ihr vor der Palastmauer steht, dann seht ihr zwei große Ulmen. Die Linien zwischen den Bäumen und dem Palast ergeben ein Dreieck. Im Mittelpunkt des Dreiecks liegt der Schatz, genau zwanzig Schritte vom Palast entfernt. Dort hab' ich den Schatz vergraben.

Ihr betrügt mich doch nicht? fragte er misstrauisch. Ich brauche den Staatsschatz nämlich, um meine Leute zu ernähren.

Er rollte die Karte wieder ein, wickelte sorgfältig das Wachstuch darum und überreichte sie Benno wie ein kostbares Geschenk.

So, ich muss meinen Caesar suchen. Er wird einen fürchterlichen Schreck bekommen haben. Hoffentlich keinen Herzschlag.

Er verschwand im Unterholz. Wir schlichen uns zum Strand zurück. Im Sand sahen wir die Schleifspuren des Beiboots. Das Motorboot war verschwunden. Kurz darauf sahen wir aus dem Schilf den Mast der „Freundin der Winde" herausragen. Wir wateten zum Boot.

Jan und Georg empfingen uns aufgeregt und mit vielen Fragen: Was waren das für Schüsse? Wer hat geschossen? Was ist denn passiert? Und als wir ihnen erzählten, was wir gesehen hatten, wollten sie es uns erst nicht glauben, sie dachten, das sei wieder so eine Geschichte von Benno. Aber da ich ja dabei gewesen war, und da wir ihnen die Karte zeigen konnten, hatten sie schließlich nur noch Zweifel, ob die Geschichte mit dem Staatsschatz nicht eine Erfindung des verrückten Königs sei.

Dem kann man doch nicht glauben, sagte Jan. Und auch Georg sagte in seiner ruhigen Art: Der ist wirklich nicht ganz klar im Kopf.

Finde ich nicht, sagte Benno. Der ist etwas sonderbar. Aber was er sagt, stimmt. Er sagt das nur auf eine, eine – Benno suchte nach dem richtigen Wort – wunderliche Art.

Stimmt, sprang ich Benno bei, wir haben ja gesehen, wie der König bedroht wurde, und wie Geierklaue auf das Schwein geschossen hat.

Wer ist denn Geierklaue?

Das war der Kerl, der geschossen hat.

Ach was, dieser König ist total bekloppt, meinte Jan, vielleicht wollten die ihn bloß wieder im Irrenhaus einsperren. Bei dem ist 'ne Schraube los.

Bei dir würd' sich auch 'ne Schraube lösen, wenn Leute dich verfolgen, deine blauen Flaschen, die du mühsam gesammelt hast, kaputt schießen und dann auf dein Schwein anlegen. Ich finde den sehr vernünftig, beharrte Benno. Wir müssen ihm helfen und seinen Staatsschatz suchen. Der liegt auf dem Pagensand.

Jetzt reicht's. Jan wurde richtig wütend. Erst steck' ich mein neues Fahrrad in dieses Boot, dann brechen wir auf und wollen den Störtebeker-Schatz suchen, und jetzt kommst du und willst schon wieder einen neuen Schatz ausbuddeln. Und dann noch von so einem, der eine Meise hat. Was sagst du? fragte Jan mich.

Es stimmt schon, das alles klingt sehr ulkig, sagte ich, aber vielleicht ist ja etwas Wahres an der Geschichte. Es kann doch nichts schaden, diesen Staatsschatz zu suchen. Denn für den haben wir wenigstens eine genaue Schatzkarte.

Vielleicht, sagte Benno und tauchte aus seiner Grübelei auf, vielleicht ist es ja doch ein und derselbe Schatz.

Wie meinst du das?

Vielleicht hat der Mann den Schatz entdeckt. Ich meine, er drückt die Dinge immer etwas sonderbar aus. Aber sie stimmen. Er sagt zum Angriff blasen, wenn wir auf unserer Bootsmannpfeife trillern sollen. Er sammelt Farbstöcke und sagt, seine Kunstsammlung.

Mit diesen Farbstöcken kann der König meinetwegen sein Klo umrühren, sagte Jan. Habt ihr eigentlich gemerkt, dass die Haare vom König wie 'ne Klosettbürste aussehen? Diese Geschichte mit dem Staatsschatz ist doch gesponnen.

Du bist nicht dabei gewesen, wie sie den König bedroht haben. Da steckt bestimmt etwas dahinter.

Was sagst du, wollte Jan von Georg wissen. Der gähnte. Er hatte in der Zwischenzeit aus seinem Weidenspeer eine Angel gemacht. Er hatte sogar den Griff verziert.

Ich bin dafür, beide Schätze zu suchen. Erst den Störtebeker-Schatz und dann den Staatsschatz.

Darauf einigten wir uns schließlich. Wir holten die Ankerleine ein, zogen dabei das Boot aus dem Schilf, setzten die Segel. Dann holten wir die Kette und schließlich den Anker an Bord. Langsam wurden wir von der Ebbe und dem leichten Wind an dem Schweinesand und Neßsand vorbei in Richtung Fahrrinne getrieben.

Es war ein heißer Tag. Die Elbe blinkte und glitzerte in der Sonne, und hin und wieder spritzte das Wasser am Bug hoch, wenn wir die Welle, die eine Barkasse oder ein Schiff geworfen hatte, durchschnitten. Wir waren guter Dinge, ja wir sangen sogar: Ik hef mol n Hamborger Veermaster seen. Wir kamen am Pagensand vorbei, auf dem der Staatsschatz von dem König von Albanien liegen sollte. Ich sah Benno an, wie es in ihm arbeitete, ob wir nicht gleich zum Pagensand segeln sollten, aber wir hatten uns ja darauf geeinigt, zuerst den Störtebeker-Schatz zu suchen, und so segelten wir weiter Richtung Nordsee. Wir sangen: Wir lagen vor Madagaskar und hatten die Pest an Bord. Ich sang aus voller Kehle, und uns fehlte nur noch ein Schifferklavier.

Plötzlich sang Jan nicht mehr mit, sondern starrte in die Kajüte auf den Boden. Im Boot schwappte etwas Wasser. Wir hatten es bereits einmal ausgeschöpft, und nun hatte sich schon wieder neues Wasser gesammelt. Irgendwo war ein Leck im Boot, oder wie Jan sagte: Das Boot zog Wasser.

Alle Holzboote ziehen Wasser, sagte Benno.

Ja, schon, aber doch nicht so viel, dass man gleich nasse Füße kriegt.

Müssen wir eben die Schuhe ausziehen.

Immer wieder mussten Georg oder ich das Wasser aus dem Boot schöpfen – ösen, wie Jan sagte. Auch so ein neues Wort. Und eine ungewohnte Tätigkeit für einen Bordarzt.

Einmal fuhren wir ganz dicht am Heck eines großen Frachters vorbei. Oben, an Deck, standen ein paar Matrosen, darunter ein Schwarzer, und winkten uns zu. Ein Koch mit einer weißen hohen Mütze stand in der Kombüsentür. Am Heck stand der Heimathafen: New York.

Jetzt nach Amerika, sagte Jan, das wär toll.

Nee, ich bin viel mehr auf unsere Schatzinsel gespannt.

Wir fuhren an einem Eimerbagger vorbei, der mit einem metallischen Kreischen die Fahrrinne ausbaggerte. Neben dem Bagger lagen die Schuten, in die über eine Rutsche der Schlick geschüttet wurde. Benno erzählte, was die alles vom Grund holen: verrostete Schwerter, alte Flaschen, Tonscherben, Eichenbalken von Koggen und hin und wieder einen Anker, den ein Segelschiff verloren hat.

Nachmittags erreichten wir die Bank von Glückstadt, eine schmale Insel vor der Hafeneinfahrt von Glückstadt. Die Einfahrt ist so schmal, dass wir beinahe von der starken Strömung gegen die Hafenmauer getrieben worden wären. Wir hatten keinen Außenborder wie andere Segler, die einfach mit dem Motor hineinfuhren. Aber Jan schaffte es dann doch, wenn auch ganz knapp. Wir paddelten durch die Schleuse in den Hafen. Und das war ein tolles Gefühl, in eine fremde Stadt mit einem Boot zu kommen, auch wenn es nur eine so kleine Stadt wie Glückstadt war.

Am Hafenbecken standen alte Backsteinhäuser mit verschnörkelten Giebeln, und auf dem Kai stand ein runder Kran. Wir legten unser Boot neben eine große Segeljacht, hängten die Fender außenbords, damit der Lack nicht verkratzt wurde, verstauten die Segel und wickelten alle Leinen und Schoten auf, so wie meine Mutter das mit der Wäscheleine machte. Jan prüfte das jedes Mal nach, damit auch alles ordentlich und korrekt aussah, und dann erklärte er mir, dass es nicht aufwickeln heißt, sondern man sagt, die Leinen werden „aufgeschossen“. Wir zogen uns Schuhe an und gingen an Land, liefen durch die engen Straßen, vorbei an den niedrigen Fachwerkhäusern, hin zum Marktplatz. Beim Gehen hatten wir noch immer die Elbe in den Beinen, es war, als bewegte sich die Erde wie ein Schiff unter uns. Wir setzten uns in eine Milchbar und dachten, man müsste es uns ansehen, dass wir vom Strom kamen und gefährliche Abenteuer hinter und vor uns hatten. Wir suchten ja gleich zwei Schätze, den sagenhaften Störtebeker-Schatz und dann noch den Staatsschatz von dem König von Albanien.

Wobei ich, wenn ich ganz ehrlich war, eher glaubte, den Schatz von Störtebeker zu finden als den des Königs von Albanien. In der Milchbar gingen wir in aller Ruhe zur Toilette. Das war ja unterwegs auf dieser Fahrt ein Problem. Wenn ich zum Beispiel pinkeln musste, dann hielt ich mich an den Wanten fest, und die Jungen drehten sich alle um und sahen weg. Ich muss sagen, keiner hat auch nur einmal geguckt oder doof gekichert. Die großen Geschäfte haben wir an Land erledigt.

Ich bestellte mir eine Mandelmilch. Die Jungen tranken Buttermilch, von der gesagt wird, dass die bärenstarken Heringsfischer von Glückstadt sie getrunken hätten. Wir saßen und redeten laut über Sandbänke, Riffe und gefährliche Grundseen. Ich denke, wir haben damals ziemlich angegeben. Denn die Leute, die in unserer Nähe saßen, hatten alle ihre Gespräche unterbrochen, sahen zu uns herüber und grinsten.

Später haben wir uns die alte Kirche von Glückstadt angesehen, die an dem sternförmigen Marktplatz steht. In der Kirche hingen alte Regimentsfahnen, die so fadenscheinig waren, dass man sie mit dünnen Netzen überzogen hatte, damit sie nicht auseinander fielen. Draußen, am weiß getünchten Kirchturm, hing der große verrostete Anker einer Kogge. Leider nicht vom Störtebeker-Schiff, sondern von einer Hamburger Kogge, die ein dänisches Kriegsschiff auf der Elbe geentert hatte. Glückstadt ist nämlich, wie Benno uns erzählte, vom dänischen König 1606 gegründet worden, um dem Hamburger Hafen Konkurrenz zu machen. Der sollte vom Seehandel abgeschnitten werden, denn Glückstadt liegt ja viel näher zur See als Hamburg. Darum wurde es auch Glückstadt genannt. Es sollte dem Dänenkönig Glück bringen. Aber es ist immer nur diese kleine Stadt mit einem kleinen Hafen geblieben. Hamburg lag mit seinem Hafen einfach günstiger, denn damals konnte man Waren viel leichter auf dem Wasser als an Land transportieren. Die Straßen waren schlecht, und die Elbe führt ja gut 100 Kilometer ins Land hinein.

Am Abend saßen wir auf unserem Boot. Georg kochte auf dem Spirituskocher Milchreis. Jan stellte den kleinen Klapptisch auf, und ich deckte. Meine Mutter hatte mir sogar Papierservietten eingepackt, die ich jetzt sorgfältig zu kleinen Fächern fältelte und neben die Löffel legte. Benno presste vier Orangen aus. Wir saßen in der Dämmerung und aßen unseren Milchreis mit Zucker und Zimt. Oben, auf dem Kai, blieben die Spaziergänger stehen und sahen uns beim Essen zu. Die Mauersegler kreischten, und das Wasser gluckste leise. Als es dunkel wurde, steckten wir eine Petroleumlampe an. Sachte schaukelte sie und mit ihr der Lichtschein, wenn ein Boot in den Hafen einlief.

Vor dem Schlafengehen schöpften wir noch einmal das Boot aus. Ich legte mich auch an diesem Abend wieder im Bugraum unter das offene Luk. Benno hatte sich auf der Koje zusammengerollt. Leider. Diesmal konnte ich ihn nicht mit den Zehen erreichen. Hätte ich einen Fuß ausgestreckt, hätte Jan ihn sehen können. Eine Zeit lang habe ich noch in den Himmel geblickt. Der Mond war eine Sichel. Er sah aus wie ein schmales Schiff.

Am nächsten Morgen stand schon wieder Wasser im Boot. Wir paddelten zu einer kleinen Werft, die am Ende des Hafenbeckens liegt. Der Bootsbauer, ein Mann mit einem graublonden Bart, sah sich die Planken und Spanten an.

Mann, is ja morsch, sagte er. Die Planken, das is kein Holz mehr, sondern schon Blumenerde. Und er kratzte mit dem Fingernagel etwas von dem dunklen Holz ab. Und dann der Schwertkasten, da ist ja ein richtiger Spalt. Kann man nur kalfatern.

Was kostet das?

Naja. Er dachte nach.

Nix. Wenn ihr das selbst macht. Ich zieh euch das Boot raus. Kostenlos.

Mit der Winde zog er auf einem Eisenwagen die „Freundin der Winde“ aus dem Wasser, und Georg kroch mit Kalfatergarn, einem Hammer und einem Meißel unter das Boot und stopfte und pochte den Riss zu. Dann ließ der Werftbesitzer das Boot wieder ins Wasser.

Das Boot zieht immer noch Wasser, sagte Jan.

Klar, da is nix zu machen, müsst ihr eben kräftig schöpfen und möglichst nicht auf die Planken treten, sonst steht ihr plötzlich im Wasser. Und die Elbe ist verdammt tief.

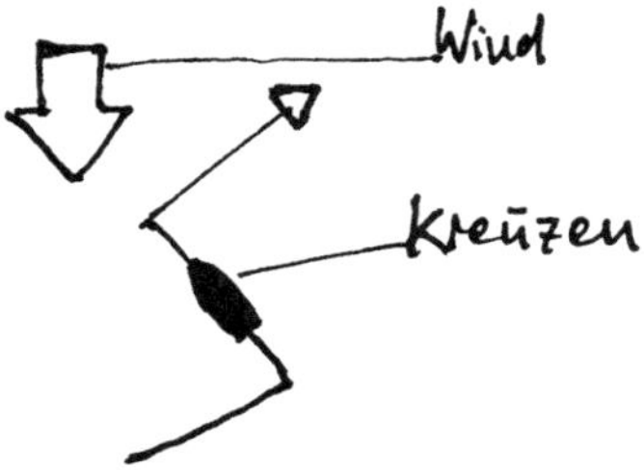

Wir setzten Segel und paddelten aus dem Glückstädter Hafen, segelten dann weiter die Elbe hinunter. Hinter Brunsbüttel wird die Elbe so breit, dass man vom einen Ufer kaum das andere sehen kann. Flach ist das Land, ein grüner dicker Strich am Horizont, das ist der Deich, und dahinter hin und wieder der Giebel eines Bauernhauses, daneben puschelig das Grün von Baumkronen. Wenn man heute die Elbe hinunterfährt, ist das Ufer verschandelt, das Kernkraftwerk Brokdorf dort, wo früher nur Wiesen waren.

Wieder mussten wir gegen den Wind kreuzen. Der Wind war frisch, und die Wellen trugen hin und wieder kleine Schaumkronen. Oft kam Spritzwasser über Bord, und wir mussten uns die Regencapes anziehen. Nur Jan hatte richtiges Ölzeug. Er hatte auch den Südwester aufgesetzt, den schon sein Großvater getragen hatte. Das war bei dem Wetter natürlich übertrieben, und ich denke, er muss in dem gelben Ölzeug enorm geschwitzt haben. Aber er brauchte das, wahrscheinlich stellte er sich vor, wie er gerade um Kap Horn segelte.

Benno saß halb in der Kajüte und studierte seine Karten.

Lass mal sehen, bat ich ihn.

Er zeigte mir die Seekarte. Sonderbar. Eine verwirrende Vielzahl von Linien war darauf zu sehen, alle in unterschiedlichen Farben, rote, grüne, braune, gelbe, blaue, schwarze.

Versteh ich nicht.

Das ist die Schatzinsel, sagte Benno, der Medemsand. Und hier, das ist der Pagensand. Ich habe verschiedene Karten abgepaust, die zeigen, wie sich die Inseln in den letzten hundertfünfzig Jahren verändert haben. Jede Farbe gibt zwanzig Jahre an. Es fängt mit gelb an, dann grün, dann braun. Der heutige Umriss ist schwarz.

Und was soll das?

Siehst du, wie sich die Insel in den letzten hundertfünfzig Jahren verschoben hat? Kann man gut am Pagensand sehen, Was einmal hier war, ist jetzt dort, alles ist in Bewegung, aber doch so, dass man es verfolgen kann. Ich hab' sogar ausgerechnet, wie viel Meter sich der Sand in zehn Jahren verschoben hat. Vier Meter. Das macht in hundert Jahren vierzig, und das sind also seit 1400 gute 200 Meter.

Ah, sagte ich, ich verstehe, damals, als Störtebeker in der Elbmündung kreuzte, war die Insel also ungefähr hier.

Das weiß man doch gar nicht, mischte sich Jan ein. Die Insel kann sich auch woanders hin verlagert haben. Denn wenn sie sich verlagert, ändert sich auch wieder die Strömung, und die Strömung verändert wieder die Ablagerung vom Sand.

Aber man kann das ungefähr sehen.

Aber eben nur ungefähr. Ich bin gespannt, wo du graben willst, sagte Jan. Ich jedenfalls buddel nicht einfach auf Verdacht in der Gegend rum.

Bevor es zum Streit kam, mischte sich Georg ein: Wir müssen erst mal die Insel sehen. Dann können wir überlegen, wo wir graben.

Nachmittags ankerten wir am Bösch-Rücken, so heißt eine Sandzunge. Wir kochten eine Erbswurstsuppe auf dem Spirituskocher, aßen Schwarzbrot mit Speck, den Georg mitgebracht hatte. Wasser und Wind machen nämlich unglaublich hungrig. Wir aßen den restlichen Kuchen. Wir waren immer noch nicht satt.

Im Südwesten hatte sich eine große weiße Wolke gebildet, die langsam in die Breite wuchs.

Jan drängte: Wir müssen weiter, wir müssen rechtzeitig an dem Oste-Riff vorbeikommen. Dann können wir in der Ostemündung ankern, im Nebenfluss der Elbe. Wenn das Gewitter kommt, liegen wir dort geschützt.

Wenn es um die Seefahrt ging, habe ich Jan richtig bewundert, wie umsichtig er alles bedachte. Er wirkte dabei nie altklug und strich sich auch nicht über seinen nicht vorhandenen Bart.

Der Wind wehte nicht mehr ganz so stark, aber da die Ebbe eingesetzt hatte, kamen wir doch recht gut voran.

Ein Schiff fuhr Richtung Hamburg, ein rostiger dreckiger Kasten. Jan guckte durch das Fernglas. Panama. Ein Schiff, das unter Billigflagge fährt. Hat keine Sicherheitsauflagen, billige Heuer, morsche Rettungsboote, ein richtiger Seelenverkäufer, sagte Jan.

Das Sonderbare an diesem verrosteten Kahn war, dass niemand an Bord zu sehen war.

Ein Geisterschiff. Sogar die Brücke wirkte leer. Allerdings konnten wir nicht in das Ruderhaus sehen, und es musste ja einen Lotsen haben. Das Schiff fuhr langsam in der Fahrrinne. Plötzlich fielen drei, vier, fünf schwarze Kisten über Bord.

Sie platschten ins Wasser. Jan starrte durch das Fernglas. Sonderbar. Die haben irgend etwas von der Ladung verloren oder über Bord geworfen. Los, da segeln wir ran. Jan änderte den Kurs und segelte in Richtung der schwarzen Kisten, die in den Wellen trieben. Das Schiff lief weiter in Richtung Hamburger Hafen, wurde kleiner und kleiner. Da wir nicht kreuzen mussten, kamen wir schnell zu einer dieser schwarzen Kisten. Jan manövrierte das Boot heran, fuhr einen Aufschießer, und wir lagen mit flatternden Segeln im Wind.

Georg hatte mit dem Peekhaken einen dieser schwarzen Klötze erwischt und zog ihn längsseits ans Boot.

Der ist ja weich, das ist keine Kiste, fasst mal an, rief Benno.

Wir starrten das sonderbare Ding an, das schwer im Wasser dümpelte. Niemand sonst mochte es anfassen.

Das ist ein Rohkautschuk-Block, sagte Jan. Die werden manchmal auch in Övelgönne angeschwemmt. Kommen aus Afrika oder Indonesien. Kautschuk ist eine Pflanzenmilch, die den Kautschukbäumen abgezapft wird. Daraus machen sie solche Blöcke, und die werden dann später zu Gummi verarbeitet.

Wir versuchten, den schwarzen Block, der sich weich anfasste, ins Boot zu ziehen. Vergeblich. Das Ding war zu schwer.

Den kriegen wir nicht raus, aber wir können eine Leine darum binden und ihn ans Ufer schleppen.

Jan versuchte eben, eine Schlinge um den Kautschuk-Block zu legen, als ein Motorboot mit hoher Geschwindigkeit auf uns zurauschte.

Warschau, rief Jan, was soviel wie Vorsicht heißt. Das Motorboot machte einen knappen Bogen hinter unserem Heck und stoppte, der Bug sank ins Wasser.

Finger weg, ihr Rotzlöffel, brüllte eine Stimme, und ein Mann trat aus dem Ruderhäuschen.

Ich bekam einen Mordsschreck. Es war einer der drei Männer, die den König auf dem Schweinesand bedroht hatten. Ich erkannte ihn sofort wieder, weil er es gewesen war, der Benno festgehalten hatte. Und auch der Mann erkannte uns im gleichen Moment. Ich dachte natürlich sofort daran, was Benno den Männern auf der Insel vorgeschwindelt hatte, dass wir einen Klassenausflug machten und mit einem Ruderboot zur Insel gekommen waren. Jetzt saßen wir aber in einem Segelboot.

Wo ist euer Lehrer, fragte der Kerl denn auch sofort. Und woher habt ihr das Segelboot?

Ich sah zu Benno hinüber. Der stand da und hielt sich an den Wanten fest. Nach einem kleinen Augenblick sagte er: Unser Lehrer hat Durchfall bekommen.

Was?

Ja, von dem Wasser auf dem Schweinesand. Sind fast alle aus unserer Klasse krank geworden. Haben alle gekotzt. Nur wir vier nicht. Benno sah mich an, und dann sagte er: Sie sieht auch schon ganz blass aus.

Der Kerl starrte mich an. Natürlich muss ich blass gewesen sein.

Und das Segelboot, fuhr Benno fort, haben wir uns vom Bootsbauer Harms geliehen. Müssen wir heute

Abend wieder zurückbringen. Plötzlich krümmte sich Benno, als habe er Bauchkrämpfe.

Der Mann glotzte Benno an. Wenn ihr die Scheißerei habt, dann setzt mal die Quarantäneflagge. Und jetzt lass sofort das Ding los, aber dalli, brüllte er Georg an, der ja immer noch den Kautschuk-Block am Peekhaken hatte. Loslassen, sonst knallt's.

Ich sah erschrocken zu dem Mann hinüber, aber er hatte keine Pistole in der Hand. Das Motorboot machte einen kleinen Satz auf unser Boot zu und stoppte wieder. Zwei Männer kletterten aus der Kajüte und hievten den Block mit großen Peekhaken an Deck. Der Mann untersuchte ihn.

So, jetzt verschwindet mit eurem Treibholz! brüllte er.

Der Motor dröhnte auf, und das Boot fuhr zu den anderen Kautschuk-Blöcken. Sie fischten alle fünf Kautschuk-Ballen heraus, dann nahm das Boot Kurs in Richtung Hamburg und wurde schnell kleiner.

Mensch, Benno, sagte ich, das hast du wirklich toll gemacht. Ich dachte schon, die hätten uns erwischt.

Waren das die Kerle vom Schweinesand? wollte Jan wissen.

Ja, sagte ich, einer von denen war mit auf dem Schweinesand.

Bist du sicher?

Ganz sicher, bestätigte Benno, der hat mir nämlich den Arm umgedreht.

Das hätte er jetzt bestimmt nicht mehr gemacht, sagte Jan, aus Angst sich anzustecken.

Was meinte der mit Treibholz? fragte ich.

Na, unser Boot natürlich, diese Benzinstinker haben doch überhaupt keine Ahnung von Holzbooten.

Mit dem ist nicht gut Kirschen essen, sagte Georg, denen sollten wir in Zukunft besser aus dem Weg gehen.

Bisher sind die uns ja immer über den Weg gelaufen.

Was heißt gelaufen, die heizen doch mit ihrem Motorboot herum, sagte Jan und dann, nachdenklich: Sonderbar, wie die sich mit diesen Kautschuk-Klötzen angestellt haben. Was die damit wohl wollen?

Verkaufen. Rohkautschuk ist bestimmt nicht billig.

Ja, schon, aber es war doch so, als ob die richtig darauf gewartet hätten, dass einer die über Bord wirft. Dabei hatten wir den einen Kautschuk-Block schon am Haken. Und wer zuerst eine Ladung aus dem Wasser fischt, dem gehört sie auch, sagte Jan. Das ist nämlich ein altes Seegesetz.

Der Horizont im Süden war jetzt schon blauschwarz, darüber türmte sich eine dicke weiße Kartoffelsackwolke, die noch von der Sonne aus Westen beschienen wurde.

Wir saßen da und schwiegen. Ich musste immer wieder an die Geierklaue denken und hoffte, dem nie wieder zu begegnen.

Um sechs Uhr abends erreichten wir die Ostemündung und legten an einen kleinen Steg an. Hinter dem Deich ragte das Strohdach eines Hauses hervor. Ich ging mit Georg über den Deich zu dem Haus. Wir wollten Milch für unseren Milchreis kaufen und fragen, ob wir an dem Steg liegen bleiben könnten.

Die Bäuerin, eine große blonde Frau in einer langen blauen Schürze, lud uns sofort zum Abendessen ein. Wir holten Jan und Benno und setzten uns an einen langen Holztisch. Der Bauer kam und dann sein Sohn Hans, der so alt war wie wir, aber schon auf dem Hof mithalf und enorm kräftig wirkte. Georg unterhielt sich mit Hans denn auch gleich fachmännisch über den Fettgehalt der Milch, über Ackerpferde und über den Mähdrescher. Dann kamen noch drei kleinere Kinder, zwei Mädchen und ein Junge. Der Großvater wurde zu Tisch gerufen, ein alter tief gebeugt gehender Mann, der sich vorsichtig und mit einem kleinen Ächzen an den Tisch setzte.

Es gab ein Sonntagsessen: Birnen, Bohnen und Speck. Wir haben unglaublich reingehauen. Jedes Mal, wenn ich den Teller leer gegessen hatte und die Bäuerin mich aufforderte, noch etwas zu nehmen, habe ich zuerst höflich nein danke gesagt, aber dann, wenn sie mir die Kelle über den Teller hielt, doch mit dem Kopf genickt.

Aus der Ferne hörte ich den Donner. Jan hatte Recht, das Gewitter kam näher.

Ihr könnt in der Scheune schlafen, sagte der Bauer, die Gewitter bringen manchmal ganz schön Sturm und Hagel.

Aber wir wollten doch lieber auf unserem Boot schlafen.

Gut, dann trinken wir noch einen Holunderbeerpunsch.

Die Bauerskinder wollten eine Gewittergeschichte vom Großvater hören. Wir bekamen alle ein Glas mit dem warmen Holunderbeersaft, darin schwammen eingekochte schwarzblaue Apfelstücke. Der Großvater kratzte sich die Pfeife aus, stopfte sie. Er verlagerte dabei im Sitzen ein wenig sein Gewicht und ächzte: Bandscheibe is kaputt, sagt der Doktor. Ich konnt' früher 'nen Pflug allein umsetzen. Und jetzt kann ich nich mehr liegen, nich mehr gehen und nich mehr stehen. Und dann nich schlafen. Das Alter is schon Schiet. Nachts, wenn ich nich schlafen kann, erzähl ich mir immer selbst Geschichten, zum Beispiel diese, die ich von meinem Großvater hab'. Und der hat sie als Kind selbst erlebt. Also 1822, im März, gab es einen fürchterlichen Sturm. War noch richtig kalt, Regen mit Schnee und Hagel vermischt. Alle saßen in ihren Katen, und der Wind drückte durch den Kamin immer wieder das Feuer aus. Nachmittags kam ein Fischer vom Deich, der hatte draußen einen Segler gesehen, einen großen Schoner, mit zwei Masten. Der war auf dem Oste-Riff gestrandet. Alle sind raus und tatsächlich, da lag das Schiff, die Segel zerfetzt, ein Mast geknickt. Die Mannschaft brannte Notfackeln ab. Aber niemand konnte ihnen helfen. Die Brandung war zu hoch für die Fischerboote, und das Schiff lag viel zu weit draußen. Plötzlich kam so eine ganz dichte Regenwand, das Schiff verschwand dahinter. Die Nacht kam, und alle gingen nach Hause.

Nachts konnte keiner schlafen, so rüttelte der Sturm am Dach und heulte in der kahlen Eiche, die ja immer noch neben dem Haus steht. Und natürlich dachten alle an das gestrandete Schiff und an die armen Seeleute. Morgens, gleich beim ersten Licht, sind sie raus, alle, auch die Kinder, und hin zum Deich. Denn wenn ein Schiff untergeht, wird immer was angespült, oft auch die Toten, die ertrunkenen Seeleute. Die muss man dann begraben, ist ja Christenpflicht. Darum haben Matrosen früher auch goldene Ohrringe getragen. Wer so einen toten Matrosen begrub, durfte den Ohrring behalten. Und das angeschwemmte Strandgut gehörte den Finder. Also, das ganze Dorf war runtergelaufen zum Strand. Keine Wasserleiche war zu sehen, aber dafür allerlei Reste von dem gesunkenen Segler: Balken, Planken, zwei halbvolle Fässer, und auf einer Planke stand der Name des Schiffs: „Gottfried". Tja, und dann trieben da noch zwei längliche Kisten in den Wellen. Zwei Fischer, der Steenodde und der Hansen sind in ihren Seestiefeln rausgewatet, haben die Kisten an Land gezogen. Sonderbare Kisten, hat mein Großvater erzählt. Ganz bemalt mit solchen ulkigen Zeichen: kleinen Vögeln, Enten, Fischen, Fuchsschnauzen und all son Kram und dann waren – das war richtig unheimlich – an jeder Seite von den Kisten son paar große Augen aufgemalt. Steenodde und Hansen machten sich dran und hebelten an der einen Kiste die Bretter hoch, in der Kiste nur nasse, schmierige Lappen, sie wühlen darin herum und prallen zurück. In der Kiste lag eine Mumie. Die Kisten waren bemalte Särge.

Och Gott, Vadder, sagte die Bauersfrau, vertell de Kinners nich immer son Krom. Nu könt se wedder nich slopen. Und de lütt Hinnerk kümmt wedder nachts to mi ins Bett.

Und ihr, fragte sie uns, wollt ihr wirklich heute Nacht auf dem Boot schlafen?

Die Jungen sagten wie aus einem Mund: klar doch, und auch ich nickte tapfer, aber ich muss sagen, ich wäre jetzt viel lieber in die Scheune gekrochen.

Was war denn sonst noch an Bord? fragte Benno, dessen Gesicht wie ein Backapfel glühte.

Der Schoner hatte einen ägyptischen Schatz an Bord, hieß es später. Mehrere Granit-Sarkophage und neunzig Kisten mit Statuen und Schrifttafeln. Das liegt nun alles irgendwo auf dem Oste-Riff da draußen.

Kann man das nicht heben, wollte Benno gleich wissen, ich meine, solche Sarkophage aus Granit gehn im Wasser doch nicht kaputt.

Nee, sagte der Alte, das is alles eingesandet, meterdick.

Die Bauersfrau schickte ihre Kinder ins Bett, und uns gab sie zwei Gläser Marmelade und jedem zwei Äpfel mit auf den Weg, schrumpelige Boskopäpfel vom letzten Herbst.

Dann kriegt ihr auf eurer Reise keinen Skorbut, sagte sie.

Der Bauer gab uns die Hand, und der Alte sagte feierlich: Gott schütze euch vor Feuer und Sturm auf See!

Wir gingen zu dem Steg hinunter.

Die Äpfel sind so schrumpelig wie Mumien, sagte Jan.

Sei bloß ruhig! Richtig gruselig, die Geschichte.

In der Ferne war ein starkes Wetterleuchten zu sehen, und die ersten schweren Tropfen fielen vom schwarzen Himmel.

Es war kühl geworden. Ich fröstelte. Heute musste ich bei geschlossenem Luk schlafen. Ich stieg in meinen Schlafsack. Ein bisschen unheimlich war mir schon, wenn ich an die Mumien im Wasser dachte. Aber wir waren ja zu viert. Ich vermute, die Jungen werden ähnlich gedacht haben.

Richtig kuschelig war es im Schlafsack. Immer wieder flackerte blau das Wetterleuchten durch die Bullaugen. Danach, ich konnte bis zwanzig zählen, rollte der Donner. Also war das Gewitter zwanzig Kilometer entfernt. Es war fast windstill, aber noch immer fiel Regen, nicht dicht, sondern in vereinzelten, dicken Tropfen. Georg schlief unter der Persenning. Auch Jan schlief schon, ich hörte seinen gleichmäßigen Atem. Nur Benno war noch wach. Schade war, dass ich im Schlafsack nicht die Füße ausstrecken konnte, um ihm kurz und wie aus Versehen durchs Haar zu fahren. Ich hatte mir doch, obwohl es schon so spät gewesen war, extra noch die Füße gewaschen, und zwar vor Bennos Augen.

Du denkst an den Pharaonen-Schatz, flüsterte ich.

Ja, stell dir vor, Sarkophage und Statuen aus Gold mit Edelsteinen. Schrifttafeln. Bestimmt steht auf einer der Tafeln, wo der Schatz von dem Pharao liegt. Irgendwo in der Wüste. Eine vom Sand zugewehte Schatzkammer. Diese Schrifttafeln liegen ausgerechnet hier, in der Elbe, direkt am Oste-Riff, wo wir rübergesegelt sind. Man müsste nur danach suchen.

Du musst mich mitnehmen, wenn du einmal den Schatz hebst. Versprochen?

Klar. Versprochen. Schlaf gut.

Ja, du auch. Vom Strom hörte ich das Tuten der Schiffe. Der Regen trommelte wieder auf das Kajütdach. Wie schön, so trocken zu liegen, wenn man den Regen hörte. Es wäre viel schöner gewesen, mit Benno zusammen zu kuscheln. Ich dachte, dass ich doch einmal Benno heiraten würde. Und ich stellte mir vor, wie wir dann gemeinsam den Schatz der Pharaonen suchen würden. Wir hatten noch so viel Zeit. Zuerst würden wir die „Freundin der Winde" reparieren, wir würden einen neuen Schwertkasten und neue Planken einsetzen.

Ich wusste ja noch nicht, dass es das vorletzte Mal war, dass ich in dem Boot schlafen sollte.

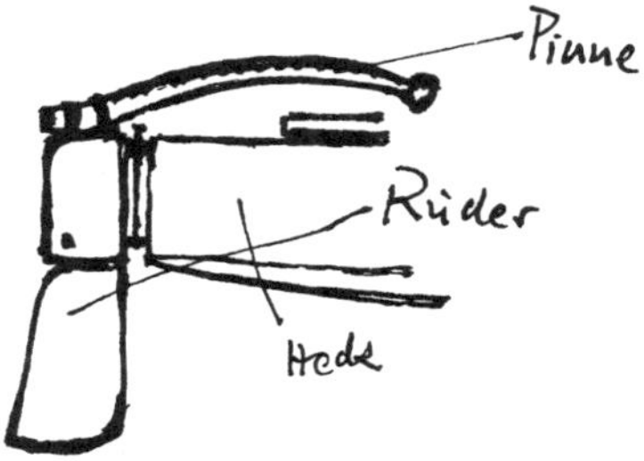

Am nächsten Morgen weckte uns Benno. Es war noch vor Sonnenaufgang. Auch Jan drängte, denn mit der Ebbe und mit dem Südwind konnten wir schnell zum Medem-Grund segeln. Wir kochten uns auf dem Spirituskocher Malzkaffee, aßen ein paar Scheiben Schwarzbrot mit der geschenkten Erdbeermarmelade und segelten dann gleich los. Der Südwind war gleichmäßig stark und kam von der Seite, raumer Wind, wie Jan sagte. Der „Freundin der Winde“ gefiel dieser Wind, als könne sie es nicht abwarten, ins offene Meer zu kommen. Das Boot lief so schnell, wie wir bisher noch nie gesegelt waren. Das Wasser spritzte immer wieder hoch und ins Boot, aber wir lagen nicht so schief wie beim Kreuzen. Es war eine wunderbare Fahrt.

Gute zwei Stunden später kamen wir zum Medemsand. Eine Sandbank, kein Baum, kein Busch und etwas entfernt ein kleiner Wall, Betonklötze, einige verrottete Duckdalben, das war alles. Je näher wir kamen, desto größer wurde meine Enttäuschung.

Das war mal eine Flakinsel, sagte Jan.

Wir zogen das Schwert ein, zogen das Boot auf den Sand, legten vorsichtshalber noch den Anker aus und gingen auf den Sandrücken, der sich aus dem Wasser hob.

Es war klar, bei jeder Flut wurde der Medemsand überspült.

Was sagst du dazu, wollte ich von Benno wissen.

Aber Benno stand da und starrte auf die Sandbank und sagte nichts.

Wenn du hier nach deinem Schatz suchen willst und ein Loch gräbst, dann ist das nach jeder Flut wieder verschwunden, sagte Jan. Hier liegen keine Schätze, das sieht ein Blinder mit einem Krückstock.

Wo wolltest du denn überhaupt graben? fragte ich Benno. Aber Benno, der sonst nie um irgendwelche Geschichten verlegen war, schwieg, starrte auf die Sandbank, die jetzt mit der einsetzenden Flut schnell kleiner wurde. Langsam ging Benno weiter auf die Sandbank hinaus. Komm zurück, rief Georg, mach keinen Scheiß, die Flut kommt doch schon. Los, sagte Jan, wir müssen zum Boot zurück.

Wir gingen zum Boot, das inzwischen schwamm. Gut, dass Jan den Anker ausgelegt hatte, es wäre sonst weggetrieben worden.

Ich hielt die Hände als Trichter vor den Mund und rief: Benno! Schnell! Komm zurück!

Jan trillerte mit der Bootsmannpfeife den langen Ton, unser Signal für Gefahr.

Benno blieb stehen, dann kehrte er um und kam zurück, erst ging er, dann lief er. Es war wirklich erstaunlich, wie schnell die Flut stieg. Wir paddelten ihm entgegen. Das Wasser reichte ihm schon bis zu den Knien, als er ins Boot stieg. Nur die verschlickten Betonklötze und der Steinwall ragten noch aus dem Wasser.

Benno war vom Laufen außer Atem, aber er hatte sichtlich wieder Mut gefasst. Wisst ihr, was wir brauchen, um hier nach dem Schatz zu suchen? fragte er.

Nee.

Einen Eimerbagger.

Da platzte Jan der Kragen. Er sprang von der Bank hoch und schrie: Warum nur einen. Warum nicht zwei, warum nicht gleich drei. Die pflügen nebeneinander den Medemsand durch. Baggern alles aus. Zehn Meter tief. Und woher kriegen wir die Eimerbagger? Die kapern wir einfach. Klar doch. Nichts leichter als das. Du hast einen Knall! Du bist ein Spinner! Weißt du, was ich glaube? Du hast uns das alles nur erzählt, damit wir das Boot kaufen. Wir haben uns krumm gearbeitet, sind hierher gesegelt. Und das für nichts und wieder nichts. Eine so bekloppte Reise.

Ich versuchte zu schlichten: Wir haben doch eine Menge gesehen. Zum Beispiel Glückstadt oder den alten Bauern gestern, und dann den König von Albanien.

Genau, sagte Benno, wir suchen jetzt den Staatsschatz vom König.

Ohne mich, giftete Jan, da haben sich nämlich gleich zwei Spinner getroffen.

Benno wollte etwas antworten, aber er bekam den Mund nicht auf, sah erst mich an, dann Georg, dann Jan, dann blickte er lange zum Medemsand hinüber, von dem nichts mehr zu sehen war. Erst dachte ich, er würde weinen. Aber er lächelte. Es war ein verlegenes Lächeln, er stand auf und ging nach vorn, zum Bug, setzte sich dort hin, lehnte sich mit dem Rücken an den Mast. Er tat mir in dem Moment richtig leid. Gern hätte ich ihn in den Arm genommen. Einfach weil ich auch traurig war, traurig darüber, dass man auf diesem Medemsand, der jetzt unter Wasser stand, keinen Schatz finden konnte.

Los, sagte Jan, wir segeln zurück. Dann verkloppen wir das Boot, und ich kann mir mein Fahrrad kaufen.

Aber wir können doch vorher nochmals zum Pagensand segeln, schlug ich vor. Nicht, weil ich glaubte, dass wir dort den Staatsschatz des Königs von Albanien finden könnten, sondern weil mir Benno leid tat, der war ja gar nicht zum Graben gekommen, und dann, wenn ich ehrlich war, wollte ich auch noch nicht gleich nach Hause.

Was sagst du? fragte ich Georg, der bisher geschwiegen hatte.

Wenn wir zurücksegeln, müssen wir sowieso am Pagensand vorbei, sagte Georg, also gucken wir da einfach mal nach.

Jan zuckte nur mit den Achseln. Meinetwegen, aber wir bleiben da nicht länger als eine Nacht.

Wir segelten zurück, und weil der Wind einschlief, ankerten wir bei Otterndorf.

Georg kochte auf dem Spirituskocher das Wasser auf, warf Hühnersuppen-Würfel ins Wasser. Benno und ich schmierten Brote mit Margarine und der Marmelade, die uns die Bäuerin geschenkt hatte. Währenddessen kroch Jan im Boot herum und versuchte die Stelle in den Planken zu finden, wo das Boot wieder Wasser zog. Als die Suppe fertig war, löffelten wir stumm die Teller aus, aßen unsere Brotscheiben, ebenfalls stumm. Ich rollte mich wieder in meinen Schlafsack. Gern hätte ich mit Benno noch geredet. Ich hätte ihn gern gefragt, ob er wirklich nicht gewusst hatte, dass der Medemsand bei jeder Flut unter Wasser stand. Denn auf der Karte konnte man ja sehen, ob eine Insel bewachsen war oder nicht. Vielleicht hatte Jan Recht, und Benno hatte alles nur erfunden, damit wir uns an dem Kauf des Boots und an der Expedition beteiligten. Aber dann dachte ich mir, dass Benno sich selbst eingeredet hatte, man könne auf dem Medemsand nach dem Störtebeker-Schatz graben. Und noch heute muss ich lachen, wenn ich daran denke, wie er sagte, wir brauchen einen Eimerbagger.

Erst konnte ich nicht einschlafen, die Elbe war ziemlich bewegt und schmatzte unter unserem Boot. Dann diese kratzenden Geräusche. Das Boot krängte. Als würde eine Bordkante heruntergedrückt. Ich erschrak, aus dem Wasser tauchten Männer auf, dunkle, bärtige Männer, sie waren altertümlich gekleidet, nass, und von ihren Haaren hing glitschiggrüner Tang, die Männer versuchten, ins Boot zu steigen. Ich stieß einen, zwei zurück, aber immer mehr tauchten auf, ich rief nach den Jungen. Die schliefen ganz tief. Auch von der anderen Bootsseite tauchten nun Männer auf, einige hatten blutige Kopfverbände. Es waren die Leute von Störtebeker, die jetzt ins Boot krochen, ich prallte entsetzt zurück und spürte zuletzt noch einen Schlag auf den Kopf. Erst langsam wurde mir klar, dass ich mir den Kopf an einer Spante gestoßen hatte.

Von draußen sah ich einen Lichtschein. Ich kroch zum Heck. Dort saß Benno neben der Petroleumlampe und studierte seine Karten.

Ich hatte einen fürchterlichen Traum, sagte ich.

Weißt du was, sagte er, ich habe mich getäuscht, ich meine, in der Stelle, wo der Schatz von Störtebeker liegen müsste.

Hör mal, sagte ich, im Traum habt ihr ganz fest geschlafen, und grässliche Männer sind ins Boot gestiegen.

Aber Benno war wieder einmal ganz woanders. Er hörte nicht hin.

Störtebeker muss auf dem Pagensand gewesen sein, sagte er. Er ist also viel weiter in die Elbe hineingesegelt. Und den Pagensand gab es schon damals. Die drei Inseln, die heute den Pagensand bilden, habe ich auf der alten Karte gesehen.

Ich habe gerade von Störtebekers Leuten eins über den Schädel bekommen.

Was?

Im Traum natürlich.

Ach so, sagte er und vertiefte sich wieder in die Karte.

Ich kroch nach vorn, in den Bugraum zurück. Ich war richtig wütend auf Benno, jetzt wollte auch ich möglichst schnell nach Hause. Sollte Benno doch seinen Schatz alleine suchen.

Am nächsten Tag, früh morgens, lichteten wir den Anker und segelten zurück. Der Wind hatte etwas nach West gedreht, sodass wir wieder mit der Flut und dem Wind schnell vorankamen. Der Mast ächzte manchmal unter dem Winddruck, hin und wieder spritzte Wasser über den Bug. Es wäre die reine Freude gewesen. Aber die Stimmung war nicht gut, und noch immer redete keiner mit dem anderen.

Wir waren schon an Glückstadt vorbeigesegelt, als die

Ebbe einsetzte und wir gegen den Ebbstrom ansegeln mussten.

Am späten Nachmittag schlief der Wind ein. Die Sonne lag wie hinter Milchglas, und es war schwül-heiß. Die Elbe schien unbewegt, bleigrau. In der Ferne sahen wir den Pagensand. Die Flut setzte wieder ein und trieb uns langsam in Richtung der Insel. Die Segel hingen schlaff herunter. Ich saß im Schatten der Kajüte. Benno steuerte. Jan hatte sich in die Kajüte gelegt, und Georg angelte.

Jan sagte aus der Kajüte, lass doch das blöde Angeln, da beißt ja doch keiner an.

Wenn die dich hören, natürlich nicht.

Die sehen Benno, sagte Jan, und darum beißen die nicht. Benno soll den Fischen mal eine seiner Geschichten erzählen. Dann beißen die an.

Ha, ha. Du bist vielleicht witzig.

Wenn wir erzählen, dass wir extra zum Medemsand gesegelt sind, um festzustellen, dass der bei Flut gar nicht zu sehen ist, lachen uns alle aus, sagte Jan und begann, das Wasser auszuschöpfen. Hoffentlich kauft uns jemand diesen Appelkahn ab. Nach einer Weile unterbrach Jan seine Schöpfarbeit: Ich bin dafür, dass Benno schöpft. Du hast uns ja auch diese Fahrt eingebrockt. Der Expeditionsleiter soll schöpfen. Jan hielt Benno den kleinen Plastikeimer hin.

Später, sagte Benno.

Nix später, du willst dich nur drücken.

Halt die Klappe.

Jan kam aus der Kajüte und wollte auf Benno losgehen. Ich konnte die beiden gerade noch trennen.

Die Stimmung war wirklich stinkig. So eine richtige Meuterstimmung. Kein Wind. Stickige Schwüle. Ein Gewitter lag in der Luft. Im Südwesten hatte sich eine riesige weiße Wolke gebildet, wie ein Amboss sah sie jetzt aus, schob sich immer mehr in die Breite.

Guck mal die Wolke da.

Jan kratzte sich das Kinn: Ist besser, wenn wir ans Ufer gehen und uns irgendwo einen ruhigen Ankerplatz suchen.

Aber da meldete sich wieder Benno: Wenn wir jetzt schon so dicht vor dem Pagensand sind, dann segeln wir auch hin.

Wenn uns hier draußen das Gewitter überrascht, das kann verdammt gefährlich werden.

Du willst nur kneifen, sagte Benno, dein Großvater hätte alle Segel gesetzt.

Dieses Kneifen konnte Jan natürlich nicht auf sich sitzen lassen.

Also gut, wenn ihr wollt.

Ja, wir alle wollten möglichst schnell auf den Pagensand.

Gut, sagte Jan, dann halten wir Kurs. Aber ihr müsst paddeln, damit wir schnell genug hinkommen.

Benno und Georg nahmen die Paddel. Los!

Im Südwesten schob sich inzwischen die dunkle Wolkenbank hoch und hatte schon fast die Sonne erreicht. Jetzt sah ich deutlich die Insel. Lang erstreckte sie sich in nordwestlicher Richtung. Sie war mit Weidengebüsch bestanden und Bäumen, ähnlich dem Schweinesand.

Los! Ihr müsst stärker paddeln, sagte Jan, sonst werden wir vom Strom vorbeigetrieben.

Georg und Benno paddelten, dass ihnen der Schweiß über das Gesicht lief. Jan und ich lösten sie ab. Es war derart anstrengend, dass mir schon nach fünf Minuten die Arme schwer wurden, ich konnte kaum noch das Paddel durchs Wasser ziehen.

Georg sagte, lass mich mal wieder, und nahm mir das Paddel ab. Wie gut, dass Georg mitgekommen ist, dachte ich. Er hilft, wenn es nötig ist. Er macht alles, ohne viel Aufhebens darum. Es gab kaum Streit mit ihm. Und wenn es Streit bei den anderen gab, versuchte er den immer zu schlichten.

Wir mussten die Fahrrinne kreuzen, dicht an uns vorbei fuhren Küstenmotorschiffe, ein riesiger Tanker, ein Frachter. In den Heckwellen schaukelten wir, die Segel klatschten schlaff gegen den Mast. Die Sonne verschwand hinter der blauschwarzen Wolkenbank, es wurde immer dunkler, und dann rollte der erste Donner über den Strom.

Wir müssen unbedingt vor dem Gewitter auf der Insel sein, hört ihr, unbedingt, sagte Jan.

Man sah ihm an, wie ernst es ihm damit war. Schwarz stand die Wolkenbank über uns. Der erste Blitz zuckte. Plötzlich kam eine Bö und ließ die Segel knattern.

Los, brüllte Jan, die Fock runter. Eine weit stärkere Bö folgte, und dann eine noch stärkere. Schnell bildeten sich Wellen, erst kleine, aber schon mit Schaumkronen. Benno kroch nach vorn und holte die Fock ein. Das war eine ziemlich schwierige Arbeit.

Jan rief: Das Großsegel reffen!

Georg musste mit Benno das Großsegel etwas einrollen. So wurde der Druck des Windes auf das Segel geringer, und wir lagen bei den Böen nicht ganz so schräg.

Leg die Schwimmweste an, befahl mir Jan. Wir hüllten uns in unsere Regencapes, und Jan zog sich das gelbe Ölzeug an, setzte sich seinen Südwester auf.

Langsam wanderte ein grauer, undurchsichtiger Vorhang von Südwesten auf uns zu, der das Ufer, dann den Strom verdeckte, eine regelrechte Wasserwand. Hagel prasselte herunter. Es tat im Gesicht richtig weh. Georg und ich hockten uns in die Kajüte, während Jan und Benno an der Pinne saßen. Benno trug eine sonderbar aussehende Kunststoffhaube. Ich denke, es war der Hutschoner seiner Mutter. Da der Kunststoff für den Hagelschlag zu dünn war, hatte Benno sich die Haube mit einem Unterhemd ausgestopft.

Wir halten Kurs auf die Insel, brüllte Jan.

Die Wellen wurden höher und höher. Das Wasser spritzte immer öfter ins Boot. Die Spanten ächzten, der Mast knirschte, es pfiff in den Wanten, und wir rauschten, obwohl wir gerefft hatten und ohne Fock fuhren, durch das Wasser.

Ihr müsst schöpfen, brüllte Jan.

Georg und ich schöpften. Der Hagel trommelte auf das Kajütdach, dann prasselte ein schwerer Regen nieder. Ich sah Jan und Benno, wie sie die Pinne umklammert hielten. Es blitzte und krachte jetzt fast gleichzeitig. Das Gewitter war direkt über uns. Und in diesem Moment bekam ich erstmals richtig Angst. Denn die Wellen waren jetzt schon so hoch, dass nicht nur Spritzwasser hereinkam, auch aus dem Schwertkasten schoss das Wasser immer wieder in einer Fontäne in die Kajüte. Der Regen war so dicht, dass er vom Sturm wie in Wasserfetzen auf das Kajütdach gepeitscht wurde. Auch in den Gesichtern von Jan und Benno sah ich die Angst, eine von Anstrengung verzerrte Angst. Zum Glück blieb Georg ruhig, und das beruhigte mich etwas. Er saß da, sein steifes Bein gegen eine Spante gestemmt, und schöpfte das Wasser in einen Eimer, den ich, war der Eimer voll, über Bord auskippen musste.

Plötzlich gab es einen Knall, dann ein irrsinniges Knattern, ein Peitschen wie von Schüssen. Ich kroch aus der Kajüte. Das Segel war gerissen. Wir trieben, da wir keine Fahrt mehr machten, steuerlos in den Wellen, die jetzt von der Seite auf das Boot zurollten und immer öfter über das Setzbord ins Boot klatschten.

Benno und Jan versuchten, durch Paddeln den Bug gegen die Wellen zu richten. Einmal, ganz kurz nur, riss die Regenwand auf, und wir sahen die Insel, dann wurde sie wieder von Regenböen verschluckt. Georg und ich schöpften, aber das Wasser stieg so rasch, dass wir nicht mehr dagegen ankamen.

Eine Planke ist gebrochen! rief Georg. Das Wasser schoss mit einer kleinen Fontäne ins Boot, die ersten Wellen schlugen herein, dann sackte die „Freundin der Winde“ ab. Sie lag bis zum Kajütdach im Wasser, wurde von den heranrollenden Wellen überspült. Der Mast brach durch die starke Schlingerbewegung in der Mitte ab, krachte auf das Kajütdach. Georg konnte sich gerade noch wegducken. Wir stiegen aus dem im Wasser liegenden Boot aus.

Vorsicht! Festhalten! brüllte Jan. Nicht wegschwimmen vom Boot!

Wir hielten uns an dem treibenden Boot fest. Immer wieder wurden wir von Wellen überspült. Mit aller Kraft klammerte ich mich an dem Handlauf auf dem Kajütdach fest. Wenn eine größere Welle uns überspülte, wurde ich besonders stark weggerissen. Die Schwimmweste bot eine größere Angriffsfläche und hatte zugleich einen starken Auftrieb. Die Jungen tauchten bei jeder Welle ein, wie in einem Wellenbad, während ich mich mit aller Kraft festkrallen musste. Meine Hände waren eisig. Mir war kalt. Mir schlugen die Zähne vor Kälte und Erschöpfung aufeinander.

Ich wollte die Weste ausziehen, aber Jan, der neben mir hing, schrie: Nein, anbehalten!

Dann brachen sich die Wellen. Wir kamen in die Brandung. Und in dem Moment wurde das Boot mit großer Wucht auf den Grund geschleudert. Es krachte. Die Planken barsten. Der restliche Mast zersplitterte am Mastfuß. Und wieder wurde das Boot mit so großer Wucht auf Grund geschleudert, dass ich durch den Stoß losgerissen wurde. Die Brandungswelle riss mich in die Tiefe. Ich war zum Schwimmen viel zu schwach, hatte Wasser geschluckt und ließ mich einfach treiben. Eine große Gleichgültigkeit überkam mich. Aber die Schwimmweste machte mich zu einem Korken. Wenn die Wellen über mir zusammenschlugen, wurde ich wieder hochgerissen, bis ich Grund unter den Füßen spürte und mich durch die Gischt an den Strand schleppte. Ich warf mich in den nassen Sand, lag da in dem peitschenden Regen und musste mich übergeben, spuckte das geschluckte Wasser aus.

Am liebsten wäre ich liegen geblieben, aber dann dachte ich an Benno, Georg und Jan. Die hatten ja keine Schwimmweste an. Ich rappelte mich hoch und hielt nach ihnen Ausschau. Das Boot lag weiter draußen in der Brandung, wurde von jeder Welle gehoben und wieder auf Grund geschleudert, aber zugleich auch weiter zum Strand geschoben. Ich entdeckte den hellblonden Schopf von Georg, dann Benno und schließlich auch Jan, sie schwammen an Land, wurden immer wieder von den sich brechenden Wellen überspült. Ich lief zu ihnen, half ihnen, ganz an den Strand zu kommen, dort ließen sie sich in den Sand fallen, So lagen wir vier eine lange Zeit da.

Wir hatten den Pagensand erreicht, aber als Schiffbrüchige.

Lange lagen wir noch im Regen am Strand, erschöpft und elend. Endlich richtete sich Georg auf und sagte zu Jan: Los, zieh deine Ölzeughose aus.

Ich bin doch nicht blöd.

Nun mach schon!

Warum?

Wir müssen das Wasser auffangen. Wir können doch nicht das Elbwasser trinken. Da kannst du dich gleich vergiften.

Mir wurde richtig schlecht, denn ich hatte ja soviel Wasser geschluckt.

Keine Angst, sagte Georg, das hast du schon wieder ausgekotzt.

Jan zog mosernd die Ölzeughose aus. Georg machte Knoten in beide Hosenbeine, steckte das Oberteil der Hose auf vier Stöcke, legte die Beine auf dem Boden aus, dann ließ er uns die Regencapes so halten, dass deren Halslöcher wie Trichter in die Ölhose führten.

Wir standen an unserem Wasserfänger, schnatternd vor Kälte, beobachteten gespannt, wie sich unter dem dicht fallenden Regen die Hose füllte. Sie sah aus wie eine Doppelwurst. Jan hatte Angst, die Hosenbeine könnten platzen. Die Hose gehörte nämlich seinem Vater, und der würde überhaupt keinen Spaß verstehen, wenn die Segelhose ruiniert wäre.

Ich hielt Ausschau nach dem Boot, ich sah das weiße Kajütdach durch den Regen und die noch immer hohen, sich brechenden Wellen.

Benno schlug vor, erst einmal die Insel zu erkunden. Vielleicht war sie bewohnt. Die Insel hatte zwei kleine Anhöhen, fünf, sechs Meter hoch, mehr nicht, aber Benno nannte sie gleich Berge, rechts den Signalberg, links den Piratenberg. Zwischen diesen beiden Anhöhen war eine Senke. Auch hier standen Weiden, Erlen und ein paar Buchen. Die Insel ähnelte dem Schweinesand, nur war sie breiter und stärker bewachsen. Wir kämpften uns, einer dicht hinter dem anderen, durch das verwachsene Unterholz, hin zu dem ersten Hügel. Plötzlich, ganz unvermittelt, standen wir vor einer Ruine. Überwachsen von einem dichten dunklen Grün. Unheimlich sah sie aus, fand ich. In der Umgebung lagen mehrere Betonbrocken.

Mensch, flüsterte Benno, das ist der Palast des Königs von Albanien. Wahnsinn. Dort irgendwo muss der Staatsschatz liegen.

Wir schlichen uns an die Ruine heran.

Nee, sagte Jan, das ist kein Palast, das ist ein alter Bunker. Ein Bunker aus dem letzten Krieg.

Der ist ja völlig zerstört, sagte Benno.

Ja, sagte Georg, der Bunker ist gesprengt worden. Vorsichtig stiegen wir an der Seitenmauer die Treppe hoch, sie führte zu dem Rest einer Plattform. Aus dem Beton ragten rostige, verbogene Eisenstäbe. Von oben sah ich in einen Raum hinunter, der dicht mit hohem Farn bewachsen war. Wir stiegen die Stufen wieder runter, gingen um den Bunker. Georg hatte eine zweite Treppe entdeckt, die in einen Keller hinunterführte. Die Stufen waren glitschig. Benno tastete sich voran. Jetzt eine Taschenlampe haben!

Ein Gang, dann wieder eine Treppe, die ins Dunkle führte. Ich gab Benno die Hand, zögernd stieg er die Treppe hinunter. Wasser, sagte er. Hier unten steht Wasser. Hört mal. Ein feines Pitschen. Tropfen, die ins Wasser fielen. Dann ein grässlich hallendes Platschen. Der Schreck ließ uns alle zusammenzucken.

Was war das, flüsterte Benno, und ich klammerte mich an seiner Hand fest.

Georg sagte: Kröten, das sind Kröten.

Ein schauriger Ort. Schnell stiegen wir die Treppe wieder hoch.

Guckt mal, sagte Benno. Er zeigte auf den in den Eingang hineingewehten Sand: Fußabdrücke.

Ja, unsere.

Nein. Benno setzte einen Fuß in den Abdruck. Der Abdruck war fast dreimal so groß. Das muss ein Riese gewesen sein.

Daneben gab es noch kleinere Stiefelabdrücke, aber auch die waren weit größer als unsere. Sieht aus, als wäre der Schneemensch hier gewesen.

Gruselig.

Hört mal.

Hast du was gehört?

Nee. War nur der Wind.

Wir gingen am Strand entlang zurück. Ich fror.

Plötzlich kam die Sonne hinter der Wolkenwand durch. Merkwürdig, dachte ich. Jetzt, bei Licht betrachtet, war Pagensand eine ganz normale Insel mit einem nassen Sandstrand. In Sichtweite die Schiffe, die in der Fahrrinne nach Hamburg oder in Richtung Nordsee fuhren. Nur die Wellen, die sich am Ufer brachen, erinnerten noch an den Gewittersturm.

Wir müssen an das Boot ran, sagte Georg, und die brauchbaren Sachen bergen.

Das Boot lag halb im Wasser, ich konnte es jetzt deutlich sehen. Seitlich lag es da, sodass man auf das weiße Kajütdach blicken konnte. Am Strand waren inzwischen alle möglichen Sachen angetrieben worden; ich entdeckte die Äpfel, die tadellos schwammen. Eingelagert seit der Herbsternte waren sie etwas ausgetrocknet.

Immerhin etwas zum Essen. Sieben Stück fanden wir. Der achte Apfel blieb verschwunden. Aber auch die Bodenbretter lagen am Strand, ein Luk, Planken, eine Luftmatratze. Wir wateten zum Boot. Die Steuerbordseite war aufgerissen und zertrümmert, die Spanten stachen hervor wie die Rippen eines toten Tiers. Sie sah traurig aus, die „Freundin der Winde". Der Mast hing abgerissen und zersplittert an den Wanten.

Jan sagte: Schade um den schönen Lack. Er dachte bestimmt an sein Fahrrad. Aber er war immerhin so nett, uns das nicht schon wieder vorzuhalten.

Jan untersuchte das Boot. Nee, sagte er, da ist nichts mehr zu machen, das ist ein Wrack.

Wir brachten die Sachen, die noch brauchbar waren, an

Land. Vorn, im Bugraum, war noch die Genua und die Fock. Die Töpfe lagen in der Backbordkiste, aber vom Proviant fand ich nichts, die ganze Steuerbordseite war ja aufgerissen. Auch die Klappe der Heckkiste war abgerissen worden, Schraubenzieher, Zangen, ein Hammer, Schäkel waren noch in der Backskiste. Auch Bennos Spaten.

Verschwunden war leider die Karte, die wir vom König von Albanien bekommen hatten. Die unersetzliche Schatzkarte. Benno tauchte sogar in der Umgebung des Wracks. Vergeblich. Er setzte sich an den Strand und war richtig verzweifelt. Ich setzte mich neben ihn und legte den Arm um seine Schulter. Wir können doch versuchen, den Staatsschatz so zu finden, der König hat uns ja beschrieben, wo der Schatz liegt. Ein Dreieck.

Und irgend etwas mit dreißig Schritten.

Nein, zwanzig, glaub' ich, vom Palast entfernt.

Siehst du hier einen Palast, fragte Benno.

Nein. Aber du hast doch gesagt, der Bunker sei der Palast.

Ich weiß nicht. Vielleicht hat Jan ja Recht. Der König ist nicht klar im Kopf. Ein Spinner.

Und dann schwieg Benno und blickte hinaus auf den Strom. Ich saß frierend neben ihm am Strand und betrachtete die Teile, die wir aus dem Wrack gerettet hatten. Viele Leinen und Bändsel, Schäkel, jede Menge Bretter und Planken, Schraubenzieher, Kneifzange, Hammer, einen Bohrer, Nägel und Schrauben. Vor allem die Töpfe.

Ich dachte: Wenn wir jetzt noch ein Huhn hätten, um es hineinzutun, könnten wir es kochen.

Also, ich würde gern den Spaten gegen ein ordentliches Brot eintauschen, sagte Jan und sah uns beide giftig an.

Das Brot wäre jetzt nur noch Matsch, brummte Georg.

Insgeheim wünschte ich mir, dass möglichst bald ein Boot käme und uns von der Insel wegbringen würde. Durst hatte ich und Hunger. Der Anblick des Wracks und all der Teile, die wir an den Strand gebracht hatten, machte mich nur traurig.

Jan sagte: Einen Vorteil hat das ja, wir müssen zu Hause nicht lügen. Die ganze Geschichte glaubt uns sowieso niemand. Die sagen, das ist eine dieser Benno-Geschichten.

Benno saß da und sagte nichts. Er hatte den nassen Sand an der Oberfläche beiseite geschoben und griff mit der Hand immer wieder in den darunter liegenden, trockenen Sand, den er langsam durch die leicht geöffnete Faust laufen ließ.

Georg rappelte sich als Erster auf. Er goss das in der Gummihose gesammelte Wasser in die Töpfe um. Jeder bekam einen Becher voll.

Das Wasser schmeckte weich und überhaupt nicht nach Chlor. Ich trank es mit großem Genuss. Wir müssen sparsam damit umgehen, sagte Georg. Bestimmt gibt es auf der Insel keine Quelle, und das Wasser, das in dem Bunkerkeller steht, würde ich jedenfalls nicht trinken.

Wir können doch einfach ans andere Ufer schwimmen, durch die Nebenelbe, meinte Benno.

Auf keinen Fall, sagte Jan, da ist bestimmt eine starke Strömung.

Dann müssen wir warten, bis uns hier einer aufsammelt.

Georg begann, aus dem Genuasegel ein Zelt zu bauen. Er band das Mittelteil an den Ast einer Esche und rammte seitlich Pflöcke ein, an denen er dann das Segel mit Bändseln festzurrte. Es sah aus wie ein richtiges Zelt, nur dass es vorn offen war. Die Luftmatratze hatte er zum Trocknen hochgestellt.

Benno wurde wieder munter und wollte unbedingt den zweiten Hügel erkunden, den Piratenberg, wie er ihn nannte. Kommst du mit, fragte er mich.

Nein, lieber nicht.

Jan?

Auch nicht.

Und Georg?

Georg sagte: Später – vielleicht.

Gut. Benno ging allein los.

Warte, rief ich und bin dann doch mitgegangen, obwohl es mir etwas unheimlich war. Ich bin nicht aus Neugierde mitgegangen, sondern weil ich Benno nicht allein gehen lassen wollte.

Vielleicht, sagte Benno, steht ja auf dem anderen Hügel noch eine Ruine, oder ein Haus. Wir gingen am Strand entlang und zwängten uns später durch das Unterholz. Ein ziemlich großer Vogel flatterte schwerfällig auf und dann noch einer.

Rebhühner, sagte Benno, glaub ich jedenfalls. Sonderbar, wie die hierher kommen. Die können eigentlich gar nicht so weit fliegen. Das Festland ist doch nicht so nahe.

Der Hügel war mit Erlen und Buchen bewachsen. In der Mitte war eine Vertiefung. Eine Vertiefung, die ausgehoben worden war. Aber schon vor vielen Jahren, denn die Ränder waren eingebrochen und mit Disteln bewachsen. Aus der Vertiefung wuchsen drei Buchen.

Kann da der Staatsschatz gelegen haben? fragte ich Benno.

Bestimmt. Vielleicht hat ihn jemand gehoben. Sieht doch ganz so aus. Wir müssen morgen mit dem Spaten wiederkommen.

Es war schon fast dunkel, als Benno und ich zum Zelt zurückkamen. Georg hatte sich schon Sorgen gemacht und gerade losgehen wollen, um uns zu suchen.

Jan und Georg hatten auch noch keinen der sieben Äpfel angerührt. Schade, dass der achte fehlt, sagte Georg, sonst ginge das glatt auf.

Ist doch sonderbar, meinte Jan.

Was?

Na, der achte hätte auch angetrieben werden müssen. Vielleicht hat ihn ja jemand heimlich gegessen, sagte Jan und sah Benno an.

Willst du etwa sagen …?

Hört auf, sagte Georg. Jeder isst jetzt einen Apfel, und morgen zum Frühstück einen halben, das Mittagessen lassen wir ausfallen. Abends teilen wir dann den letzten Apfel.

Und dann?

Naja, es wird schon jemand vorbeikommen.

Feuer müsste man haben, sagte Georg und kaute den Apfel. Robinson hat Feuer durch Blitzschlag bekommen. Aber man kann Feuer auch mit einem Drillbohrer machen, wie es die Indianer tun. Ich werde morgen einen

Drillbohrer bauen, sagte Georg, und Jutta darf auf der Luftmatratze schlafen.

Ich denke, die Jungen hatten Glück, dass ich dabei war, so mussten sie sich nicht um die Matratze streiten. Wir legten uns hin und deckten uns mit den Regencapes zu. Unsere Kleider waren noch immer feucht. Ich hatte meine Jeans und den Pullover ausgewrungen und über einen Ast gehängt. Zur Sicherheit hatte ich beide mit einem Bändsel festgebunden, damit der Wind sie nicht davon wehte.

Das Regencape fühlte sich klebrig an auf der Haut. Georg hatte sich umgedreht und war sofort eingeschlafen. Ich hörte seine ruhigen gleichmäßigen Atemzüge. Aber weder Benno noch Jan noch ich konnten schlafen. Ich fror, obwohl es nicht so kalt war. Mir klapperten regelrecht die Zähne. Da schob mir Benno seinen Regenumhang hin. Und ich dachte, ich werde doch später mit ihm den Schatz der Pharaonen in der Elbe suchen.

Ich wurde früh wach. Benno war nicht mehr im Zelt. Georg und Jan schliefen noch. Draußen war die Sonne aufgegangen. Keine Wolke war am Himmel. Es würde ein heißer Tag werden. Ich trank etwas Wasser und holte meine Sachen, die über Nacht beinah getrocknet waren.

Von Benno war nichts zu sehen. Aber der Spaten fehlte. Er hatte es also nicht abwarten können und sich auf den Weg zum Piratenberg gemacht. Dass er mich nicht geweckt hatte, fand ich richtig gemein. Mein Magen knurrte, und ich hoffte, den achten Apfel zu finden.

Ich suchte nochmals den Strand ab und fand zwei Pakete der eisernen Ration, die Benno gekauft hatte. Durch die Kunststoffverpackung konnte ich den Inhalt sehen: trockene Salzkekse, eine kleine Dose mit Honig, Käse und Wurst, und dann gab es noch Brausepulver und ein paar Bonbons. Es war ein kleiner Schatz, den ich da gefunden hatte. Ich lief zum Zelt, Georg war inzwischen auf und schnitzte an einem Holzstück. Jan döste noch, wurde aber hellwach, als er die beiden Päckchen sah.

Mensch, da können wir sogar Limonade machen.

Aber Georg wollte auf Benno warten. Genau genommen gehörte die eiserne Ration ja ihm.

Georg bastelte an dem Drillbohrer. Er hatte sich einen Weidenzweig geschnitten, dessen Enden er gebogen und mit Takelgarn wie zu einem Flitzbogen zusammengebunden hatte. Das Band war um den Erlenstab geschlungen, und zwar so, dass das Band den Stab schnell drehte, wenn man den Flitzbogen hochhob und dann wieder herunterzog.

Aber alles, was Georg bisher an brennbarem Material gesammelt hatte, wollte sich nicht entzünden. Es war vom gestrigen Regen noch zu feucht. Wir aßen den halben Apfel, der jedem von uns zustand, und tranken etwas Wasser.

Jan überlegte, ob er nicht mit dem Bau eines Floßes beginnen solle: Wenn uns hier keiner abholt, sagte er, dann fahr ich los und hol Hilfe. Es gibt ja genug Treibholz, und dann haben wir auch noch die Teile von dem Boot.

Jan und ich sammelten am Strand angeschwemmte Planken, Holzpfähle, Bohlen, und wir fanden auch zwei leere Benzinkanister. Ich entdeckte eines unserer Paddel, das weit entfernt an den Strand geschwemmt worden war. Jan wollte versuchen, diese Teile mit den Seilen und den Drahtwanten zusammenzubinden.

Ich ging den Strand weiter hinauf und fand Georg, der am Ende einer kleinen Lagune Äste und angeschwemmte Pfähle einrammte.

Willst du einen Deich bauen?

Nee, sagte er, einen Fischteich. Zwischen die Äste flechte ich Weidenruten.

Und warum das?

Zum Fische fangen.

Ich muss ihn wohl ziemlich dumm angesehen haben, denn er versuchte es mir zu erklären: Wenn die Flut kommt, schwimmen die Fische in die Lagune hinein. Fische suchen ja das Ufer, besonders am Abend. Wenn die Ebbe einsetzt, das Wasser sinkt, dann kommen die nicht mehr durch den Weidenzaun. Das wird unser Fischteich. Dann können wir sie greifen und essen.

Roh?

Warum nicht? Die Japaner essen auch rohen Fisch.

Also ich nicht. Allein beim Gedanken daran drehte es mir den Magen um.

Dann ess ich eben deine Portion mit, grinste Georg.

Gegen Mittag kam Benno zurück. Er sah ziemlich zerzaust aus, barfuß, das Hemd eingerissen, Löcher in der Hose, wie ein richtiger Schiffbrüchiger.

Wo warst du? fragte ich.

Auf dem Piratenhügel.

Was gefunden?

Nix.

Aber ich hab' was gefunden. Ich zeigte ihm die beiden eisernen Rationen.

Da strahlte Benno. Er öffnete ein Paket und verteilte die Kekse. Jeder bekam erst mal zwei. Ein Keks wurde mit Kunsthonig, der andere mit Käse aus der Dose bestrichen. Es schmeckte einfach fantastisch.

Dazu tranken wir die Limonade, die wir uns aus dem Brausepulver gemacht hatten, das in kleinen Tütchen der eisernen Ration beilag.

Wir müssen Feuer machen, sagte Georg, wir müssen das schaffen. Dann können wir uns Wildgemüse kochen. Es gibt Löwenzahn. Huflattich hab' ich auch gesehen.

Ich glaube, der Bunker ist doch der Palast, begann Benno.

Ach so, ächzte Jan.

Ja, sagte Benno.

Was heißt ja?

Der Bunker ist doch gesprengt worden, erklärte Benno. Und der König hat gesagt, sein Palast sei zerstört worden. Stimmt also auch. Ich glaube, wir müssen den Schatz vor dem Bunker suchen.

Nach dem Essen gingen wir alle vier los, um den Staatsschatz des Königs von Albanien zu suchen. Benno voran mit dem Spaten auf der Schulter.

Sieht richtig nach einer Urwaldexpedition aus, dachte ich.

Dort, das müssen die beiden Bäume sein, von denen der König von Albanien gesprochen hat, sagte Benno, als mir das Unterholz schon wieder die Arme zerkratzt hatte. Wie gut, dass ich meine Jeans anhatte, so waren wenigstens meine Beine geschützt.

Die Linie von dem Mittelpunkt des Bunkers zu den beiden Bäumen und die gedachte Linie zwischen den Bäumen ergeben ein Dreieck, und in dem Mittelpunkt liegt der Schatz. Also zwanzig Schritte vom Bunker auf diesen Mittelpunkt zu. Benno machte dreiundzwanzig Schritte, der König hatte ja längere Beine. Dann begannen wir abwechselnd zu graben. Das heißt, Benno musste erst einen Weißdornstrauch mit dem Spaten abhacken, dann die Wurzeln ausgraben. Eine dünne Schicht schwarzer Humus kam, dann Sand, der erst hell war, dann immer dunkler und feuchter wurde. Jan grub weiter. Ich löste ihn ab, dann Georg, dann stieg wieder Benno in die Grube, die jetzt schon so tief war, dass ich nur noch seinen Kopf sah.

Nach einiger Zeit kroch Benno aus dem Loch. Er schnaufte, sagte, so ein Scheiß, die Stelle ist falsch.

Benno lief zum Bunker zurück, stellte sich mit dem Rücken genau vor die Mitte der Vorderfront, und dann ging er los, kroch über die großen, im Gelände liegenden Betonblöcke, ging sogar durch Brennnesseln, mit erhobenen Händen, zwängte sich durch einen Weidenbusch, aber alles mit übergroßen Schritten, nur einen dichten Brombeerstrauch umging er, zwanzig Schritte, zählte er laut, jetzt mache ich noch einen dazu, und hier graben wir.

Wir buddelten, wir schaufelten den nachrutschenden Sand aus, wir stiegen aus der Grube, und Benno sagte, wir müssen etwas weiter rechts graben.

Ohne mich, sagte Jan, das ist doch Quatsch. Er warf den Spaten hin. Das ist völlig bekloppt, wir graben hier herum, nur weil ein Verrückter behauptet, dass er seinen Schatz hier versteckt hat.

Das war ziemlich gemein von Jan gesagt, denn mit verrückt war natürlich auch Benno gemeint, der dem Verrückten glaubte.

Wir gingen zu unserem Zelt zurück. Jan sagte, er werde morgen auf keinen Fall weitergraben, sondern an seinem Floß bauen.

Benno sagte nichts, er ging und blickte auf den Boden, als suchte er eine Spur. Er tat mir leid. Aber ich tat mir selbst auch leid. Ich hatte Blasen an den Fingern. Mir tat das Kreuz weh, und ich hatte Hunger, einen Bärenhunger.

Beim Zelt dann setzte sich jeder für sich in den Schatten, knabberte zwei Kekse und trank etwas mit Brausepulver versetztes lauwarmes Wasser, das mir nicht mehr so gut wie gestern schmeckte. Den letzten Apfel wollten wir am nächsten Morgen teilen und essen.

Im Westen ging die Sonne unter. Ein roter Ball, der das Wasser wie orange Limonade färbte.

Einen Augenblick saßen wir noch in der Dämmerung, dann krochen wir ins Zelt. Ich deckte mich mit dem Regencape zu. Vom Strom hörte ich das Schlagen einer Schiffsschraube und dann das lang gezogene Tuten der Schiffssirene. Es war in dieser Nacht nicht so kalt wie in der vorangegangenen, auch war ich todmüde, weil ich so viel geschippt und in der Nacht zuvor so wenig geschlafen hatte, jedenfalls schlief ich sofort ein, trotz meines Hungers.

Erst am Morgen wachte ich auf. Die Jungen waren nicht mehr im Zelt, aber ich hörte sie draußen schon wieder streiten. Der Apfel sei nicht gerecht geteilt, behauptete Georg. Jan hatte den Apfel durchgeschnitten, und nun waren die Teile nicht gleich groß.

Du kriegst das kleinste Stück, sagte Georg, weil du ungerecht geteilt hast.

Du willst nur das größte Stück fressen, brüllte Jan, du Vielfraß.

Plötzlich lagen sich Georg und Jan in den Haaren. Jan nahm Georg in den Schwitzkasten, aber Georg, der größer, wenn auch durch sein steifes Bein unbeweglicher war, ließ sich fallen, und da musste Jan loslassen. Georg wälzte sich auf ihn, drückte Jan das Gesicht in den Sand.

Friss das, keuchte er. Himmel, wie wild Georg plötzlich aussah, so hatte ich ihn noch nie erlebt, ich war richtig erschrocken über ihn.

Benno und ich versuchten, die beiden zu trennen.

Ich verzichte auf meinen Teil, sagte ich. Ihr könnt meinen Teil haben!

Ihr könnt auch mein Viertel haben, rief Benno.

Die beiden standen auf. Georg klopfte sich den Sand aus der Hose. Jan rieb sich die Augen.

Nein, sagte Georg, ist schon gut. Lasst uns losen. Mach du das, sagte er zu mir.

Ich verloste die vier Apfelstücke. Benno hatte das kleinste Viertel gezogen, Jan bot ihm an zu tauschen. Benno lehnte ab. Da brach der Streit zwischen Jan und Benno aus, plötzlich wollte jeder von ihnen das kleinere Stück essen. Bevor sie sich prügelten, schlug ich vor, jedes Apfelviertel nochmals durchzuschneiden und dann die Achtel auszutauschen. Damit waren sie einverstanden, und ich musste die Viertel abermals teilen.

Die „Jan Molsen"! Georg sprang auf. Da draußen!

Tatsächlich fuhr der Ausflugsdampfer auf seiner Fahrt nach Helgoland ziemlich dicht an unserer Insel vorbei. Ich winkte wie wild und rief: Hilfe! Hilfe!

Lass doch, sagte Jan, wir kommen allein klar. Außerdem hören die dich sowieso nicht.

Das Schiff fuhr langsam vorbei.

Jeder machte sich an seine Arbeit. Jan ging zum Strand, um an dem Floß weiterzubauen. Georg setzte sich hin und versuchte, mit seinem Drillbohrer Feuer zu machen. Er breitete Rindenstücke und Moosteile in der Sonne aus. Irgendwann muss es doch klappen, sagte er.

Benno und ich machten uns wieder auf Schatzsuche. Wir gingen zur Ruine, die jetzt, da sie von der Morgensonne beschienen wurde, nicht ganz so unheimlich aussah.

Der König hat doch behauptet: zwanzig Schritte, sagte Benno. Das kann nicht stimmen. Jetzt haben wir schon drei Löcher gebuddelt. Vielleicht sind die Schritte von dem König gar nicht so groß.

Vielleicht ist es auch ein anderer Baum, der dickere, der dort, sagte ich, die Esche. Wir peilten die Esche an, das ergab tatsächlich eine ziemlich große Abweichung.

Benno machte wieder zwanzig Schritte über Stock und Stein, machte noch zwei Schritte. Er stand jetzt gut zehn Meter von den Löchern entfernt, die wir bisher gegraben hatten. Hier, Benno rammte den Spaten in den Sand. Er begann zu graben, hob die Soden mit Kraut und Gras heraus. Dann, er stand in einer erst knietiefen Grube, gab er mir den Spaten. Ich grub weiter. Und gleich bei dem dritten Stich gab es einen metallischen Klang. Es klang metallisch hohl, ja, dumpf und hohl. Noch heute habe ich dieses Geräusch im Ohr. Da lag also tatsächlich etwas. Benno sprang in die Grube, und wir wühlten mit den Händen den Sand beiseite.

Mensch, sagte Benno immer wieder, Mensch, ich wusste es doch. Ich habe es doch gesagt.

Schnell schaufelte ich den Sand aus der Grube. Ein Stück zerfallener Dachpappe erschien. Wir schoben mit den bloßen Händen den Sand beiseite, und etwas Rundes aus Metall kam zum Vorschein.

Vorsicht, sagte Benno, sieht aus wie eine Tellermine.

Nein, wie ein Topfdeckel.

Wir schaufelten mit den Händen den Sand an der Seite weg; sonderbar lang war das, keine Kiste, kein Topf, nein, es war eine Milchkanne, so eine große vom Bauern.

Benno versuchte, den Deckel abzuheben. Der saß fest.

Wir steckten einen dicken Knüppel durch den Griff und hebelten an beiden Seiten. Hauruck, plötzlich saßen wir beide auf dem Hintern. Der Deckel war herausgerutscht. Wie mir das Herz klopfte, als ich hineinschaute. Leer. Nein. Benno langte mutig hinein und zog eine Kassette heraus: eine Metallkassette mit einem dicken Schloss – der Staatsschatz.

Es war ein richtiger Triumphzug, als wir zum Zelt zurückkehrten. Ich ging voran und rief von weitem, wir haben ihn gefunden, wir haben ihn gefunden. Dann kam Benno mit der Kassette. Georg und Jan liefen herbei und staunten.

Los, das Schloss knacken wir auf.

Wir hatten ja das Werkzeug vom Boot bergen können. Aber Benno war dagegen, er sagte, die Kassette gehört dem König von Albanien. Wir müssen sie ihm verschlossen bringen.

Auch ich hätte die Kassette gern sofort aufgeknackt. Ich war einfach neugierig, was drin war. Doch Benno blieb standhaft, die Kassette bleibt zu. Der König vertraut uns, sonst hätte er uns nie verraten, wo der Schatz liegt. Jan schüttelte die Kassette. Etwas Schweres rutschte darin herum. Und dann klapperte noch etwas.

Gold, vermutete Georg. Meine Güte.

Glaubst du wirklich?

Du hattest Recht, sagte Jan, tut mir leid wegen gestern, das mit dem Spinner hab ich nicht so gemeint.

Schon gut, sagte Benno und wischte mit dem Hemdärmel über den Kassettendeckel. Verrückt, wie gut die erhalten ist. Aber in der Milchkanne konnte die Kassette ja nicht nass werden. Und dann war über die Milchkanne noch ein Stück Dachpappe gelegt worden.

Sag mal, ich schnüffelte, das riecht, das riecht ja nach Gebratenem.

Ich habe auch eine Überraschung, sagte Georg, kommt mal, und er führte uns zu einer kleinen Grube hinter dem Zelt. Dort brannte ein Feuer, und über dem Feuer, aufgespießt an einem Ast, steckte ein Fisch.

Mensch, Georg! riefen Benno und ich gleichzeitig, und dann mussten wir alle lachen.

Georg hatte es also geschafft, mit seinem Drillbohrer Feuer zu machen. Er hatte den Samen der Weiden, der wie Wattebäuschchen herumflog, gesammelt, ihn in die Sonne gelegt, getrocknet, dann um seinen Holzbohrer gewickelt – und tatsächlich war der Samen von der Reibungshitze entzündet worden. Über einem zweiten Feuer stand auf zwei Steinen ein Topf, in dem eine Suppe brodelte. Junger Löwenzahn, Huflattich und Sauerampfer, erklärte Georg. Schmeckt ganz gut. Ich erinnere mich noch. Das hat meine Mutter damals auf der Flucht aus Ostpreußen gekocht. Jetzt können wir auch Wasser abkochen.

Welches?

Na, das Wasser, das im Bunker steht.

Den Gedanken fand ich dann doch etwas gruselig.

Abgekocht ist abgekocht.

Die Suppe schmeckte gut, etwas bitter zunächst, aber sie war, das hatte Georg ein paar Mal wiederholt, sehr gesund. Und wir aßen sie mit Heißhunger.

Den Fisch, wie hast du den denn gefangen? fragte ich misstrauisch.

In der Lagune. Er ist mit der ablaufenden Flut nicht mehr durch mein Weidengitter gekommen.

Und dann, dann hast du ihn ...?

Ja, sagte Georg. Dann hab' ich ihm mit dem Knüppel eins auf den Kopf gegeben, ihn abgestochen und ausgenommen. Danach habe ich den Fisch mit wildem Lauch ausgestopft, damit das Fleisch von innen nicht so austrocknet.

Es roch richtig verführerisch, eigentlich viel besser als sonst, wenn meine Mutter den Fisch in der Pfanne briet. Aber ich dachte an den armen Fisch, und Georg wurde mir ein wenig unheimlich, weil er mit einem Knüppel einfach einen Fisch totschlagen konnte. Der Duft war aber wunderbar, zugegeben, und ich hatte einen Heißhunger.

Wir saßen und warteten, dass der Fisch gar wurde. Ich blickte hinaus auf den Strom. In der Dämmerung zogen die Schiffe vorbei, Richtung Hamburger Hafen oder hinaus zur Nordsee. Dann kam die „Jan Molsen" von Helgoland zurück. Sie fuhr diesmal besonders dicht an unserer Insel vorbei. Jan und ich liefen zum Strand. Deutlich sahen wir die Passagiere oben auf Deck in der Abendsonne sitzen. Wir winkten. Jan zog sich sogar das Hemd aus und winkte damit. Und da, ja, da winkten auch die Passagiere zurück. Die „Jan Molsen" fuhr langsam vorbei. Der Kapitän ließ einmal lang die Sirene zur Begrüßung heulen.

So ein Scheiß, sagte Jan. So was Idiotisches. Da sitzt man auf einer Insel, in einem Fluss, auf dem von allen Flüssen der Welt die meisten Schiffe fahren, und kein Mensch sieht, dass wir Schiffbrüchige sind.

Wir gingen langsam zu unserem Zelt zurück. Erst jetzt fiel mir auf, dass Benno und Georg am Feuer sitzen geblieben waren, nicht mitgewinkt und nicht mitgerufen hatten.

Ihr wollt wohl den Rest der Ferien hier bleiben?

Es sind immerhin noch zwei Tage, sagte ich.

Ich will in Ruhe meinen Fisch essen, sagte Georg. Ich weiß nicht, ob ich euch jetzt noch was abgeben soll. Ihr wolltet ja weg.

Na ja, sagte Jan, stimmt schon, wäre schade gewesen, gerade jetzt von der Insel abzuhauen.

Hin und wieder zog Georg vorsichtig an der heißen Rückenflosse, und als er sie plötzlich in der Hand hielt, sagte er: Jetzt ist der Fisch gar. Er nahm den Stock mit dem Fisch vom Feuer und legte den auf das Luk, das ebenfalls angeschwemmt worden war und uns jetzt als Tisch diente.

Ich nahm mir fest vor, nicht ein Stück von dem Fisch anzurühren. Vorsichtig zerteilte Georg den Fisch mit dem Takelmesser in vier Teile. Wie weiß das Fleisch war, wie saftig es aussah, wie gut es roch. Probieren wollte ich dann anschließend doch, aber nur um umso angewiderter den Fisch beiseite zu schieben. Ich probierte, probierte nochmals und hatte schließlich als erste meinen Teil aufgegessen. Es schmeckte unbeschreiblich gut. Und seitdem esse ich leidenschaftlich gern Fisch.

Wir leckten uns die Finger ab, saßen dann in der Dunkelheit da, immer noch hungrig wie die Wölfe. Zum ersten Mal, seit wir auf der Insel waren, hatten wir etwas Warmes in den Magen bekommen. Wir sahen den Sternenhimmel, und ich erklärte Benno die Sternzeichen: Das ist der Große Bär, und das da ist der Kleine Bär, und das dort, das ist die Kassiopeia. Als ich einschlief, dachte ich daran, was für ein seltsames Wort das doch ist: Kassiopeia. Was sich wohl dahinter verbirgt. Ich konnte das Sternzeichen durch das offene Zelt sehen und nahm mir vor, mir das genau zu merken, mein Leben lang: den klaren Himmel, in dem man so deutlich die Sterne sehen konnte, die feine Mondsichel und die Jungen, die dalagen und leise schnaufend schliefen. Sonst war nur eine weite Stille, hin und wieder unterbrochen von der Sirene eines Schiffs, dessen Lichter langsam über den Strom zogen. Kein Wind, kein Rauschen der Wellen. Es war eine Stille, wie ich sie so noch nie wahrgenommen hatte.

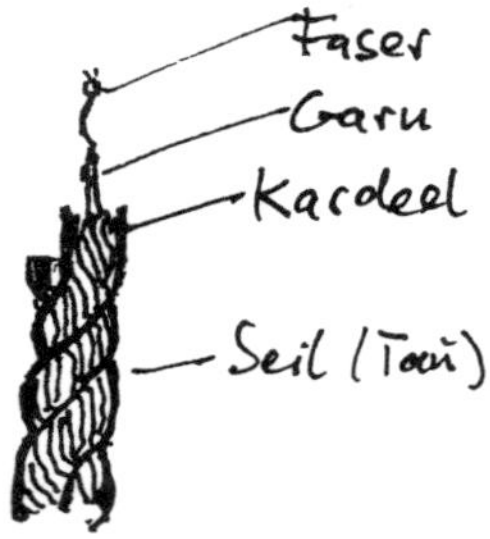

Am nächsten Morgen wollte Jan mit seinem Floß starten. Wir hatten die letzten Kekse aus der eisernen Ration geteilt. Jeder bekam zwei, Jan aber vier, schließlich hatte er eine anstrengende Fahrt vor sich. Er hatte sich die Schwimmweste angezogen, die mir schon das Leben gerettet hatte, so ging er zum Strand hinunter, wo das Floß lag. Oben auf das Floß, leicht erhöht, hatte er die beiden Lattenroste aus unserem Boot gelegt, sodass er, wenn die Wellen nicht allzu hoch waren, trocken auf dem Floß sitzen konnte.

Wir gaben ihm die letzte kleine Dose mit Kunsthonig aus unserer eisernen Ration. Georg hatte eine Flasche am Strand gesucht und mit dem gesammelten Regenwasser gefüllt, das jetzt allerdings zur Neige ging.

Gemeinsam schoben wir das Floß ins Wasser. Jan schwang sich darauf und paddelte los.

Hoffentlich wirst du bald aufgefischt, sagte Benno.

Ja, sagte Jan, und hoffentlich schlafen die Steuerleute nicht, sonst mangelt mich einer dieser großen Pötte über.

Ich hatte versucht, ihn zu überreden, doch besser auf der Insel zu bleiben und zu warten, bis man uns entdeckte. Aber er wollte unbedingt auf seinem Floß losfahren. Jan war wirklich sehr mutig, und ich will verraten, dass sein Held Amundsen hieß. Wenn er einen Wunsch freigehabt hätte, dann wäre Jan vor mehr als vierzig Jahren zusammen mit Amundsen zum Südpol gefahren.

Wir sahen, wie Jan langsam aus dem Windschatten der Insel herauspaddelte, dann in die höheren Wellen geriet, die von einem Schiff weiter draußen kamen, und da passierte es, irgend etwas auf seinem Floß verrutschte, Jan begann zu zappeln, ein Kanister tauchte plötzlich seitlich auf, ein Balken stach wie die „Titanic“ in die Luft und dann, unendlich langsam, rutschte Jan, der sich an dem Lattenrost festkrallte, ins Wasser, das Floß zerteilte sich, der eine Teil hing an dem einen Kanister, der andere an dem anderen, dazwischen, in einem Gewirr von Drahtseilen und Tauen Jan. Wir sahen ihn, wie er seine Arme befreite und dann, wie auf einem Meerungeheuer sitzend, zu uns zurückpaddelte.

Er war, als er an den Strand watete, erschöpft und niedergeschlagen. Es war mein Fehler, sagte er, alles in der Längsachse aufzuhängen. Ich hätte zwei Querbalken einziehen müssen. Schade um den Honig. Tut mir leid um den Honig und um eure Kekse, ist alles weg.

Vergiss es, sagte Georg.

Benno nahm den Spaten.

Wo willst du hin?

Den Störtebeker-Schatz suchen, sagte Benno. Das ist doch der Grund, warum wir hier sind. Diese Schatulle, das ist bloß Pipifax, gehört außerdem dem König. Ihr werdet sehen, der Störtebeker-Schatz, das sind jede Menge Gold und Silberstücke.

Wie kommst du jetzt darauf, dass der Schatz gerade da liegen muss?

Ganz einfach, nach meiner Berechnung war dieser Hügel damals der Anfang der Insel, der andere Teil ist erst im Laufe der 550 Jahre angeschwemmt worden. Störtebeker wird davor geankert haben. Hier lag er sicher und konnte hinter den Bäumen mit seinem Schiff auch nicht gesehen werden.

Ich fand das so überzeugend, dass ich sofort mitgehen wollte, um auf dem Hügel zu graben, und auch Georg kam mit. Ein paar Weiden standen auf dem Hügel, Ebereschen, Buchen, eine Ulme. Auf der Kuppe des Hügels gab es eine eingesunkene Stelle, die wie eine große Grube aussah. Sieht aus, sagte Benno, als hätte sich hier ein Riese draufgesetzt und über die Elbe Ausschau gehalten. Tatsächlich sah die Grube aus wie der Abdruck eines Hintern.

Wir gruben an diesem Nachmittag fünf Löcher, so tief, dass wir bis zur Brust darin verschwanden. Wir gruben, bis der Sand feucht und dunkel wurde. Die Blasen an meinen Händen waren aufgeplatzt. Ich habe nie wieder in meinem Leben so viel geschaufelt. Die Sonne verschwand langsam im Westen hinter den Bäumen, da endlich hörte auch Benno auf zu schaufeln. Er blies sich in die Handflächen, um die wunden Stellen zu kühlen, und sagte, ich hab' nie geglaubt, dass Schatzsuchen so anstrengend sein kann.

Nachts begann es zu regnen, gleichmäßig und stark. Wir bauten aus Jans Gummihose wieder unsere Wasserauffangstation.

Leider ließ das Segel den Regen durch. Ich fror fürchterlich und konnte nicht einschlafen. Den anderen ging es nicht besser. Ich musste immer wieder daran denken, dass der Kapitän und all die Passagiere auf der „Jan Molsen“ unser Winken missverstanden hatten, dass sie fröhlich zurück gewunken hatten. Wie einfach es gewesen wäre, wenn die uns mitgenommen hätten.

Wenn doch nur ein Boot oder Schiff käme, ich würde sofort mitfahren, sagte ich und war dem Weinen nah. Mir zitterte richtig das Kinn. Gut, dass es dunkel war und keiner der Jungen es sehen konnte.

Jan sagte: Ich auch, und Georg brummelte: Wie schön das wäre, jetzt zu Hause im Bett zu liegen.

Nach einem kleinen Augenblick hörte ich Bennos Stimme, etwas belegt klang sie, aber doch deutlich: Damit ihr Bescheid wisst, ich bleibe auf jeden Fall noch die zwei Tage, die wir abgemacht haben, auf der Insel. Ich suche weiter, auch allein.

Keiner von uns sagte darauf etwas. Ich hörte den Regen auf das Segel prasseln, und das Wasser tropfte herunter. Je mehr ich an Benno dachte, desto weniger tat ich mir selbst leid, ja, ich begann mich sogar zu schämen, dass ich gesagt hatte, ich wolle von der Insel weg. Dass ich aufgeben wollte. Ich kam mir richtig gemein vor bei dem Gedanken, Benno allein auf der Insel zurückzulassen. Natürlich würde er nun nicht mehr daran denken, mich mitzunehmen, wenn er den Schatz der Pharaonen in der Elbe suchen würde. Ich wünschte mir, dass möglichst schnell ein Boot oder eine Barkasse käme. Die Leute würden rufen: Los, Kinder kommt mit. Jan und Georg würden sofort aufstehen, erst Jan, dann Georg. Jan würde mich fragen: Willst du nicht mitkommen?

Und ich würde sagen; Nein, und liegen bleiben, auch wenn der Regen noch stärker auf das Segel prasselte und mir das Wasser über das Gesicht liefe. Und so schlief ich ein.

Am nächsten Morgen waren wir unausgeschlafen und natürlich unglaublich hungrig. Nur zu Trinken hatten wir genug.
Zur Schatzsuche hatte keiner richtige Lust.

Nur Benno wollte es unbedingt nochmals versuchen. Er redete auf uns ein, behauptete, dass Störtebeker ohne weiteres so weit die Elbe hochgesegelt sei und dass in dieser leichten Vertiefung auf dem Piratenhügel bestimmt etwas vergraben sei. Störtebeker wollte doch eine Kette aus Gold um die ganze Stadt Hamburg legen, wenn man ihn und seine Leute freiließe. Es muss also ein großer Haufen Gold sein und natürlich Silbergeld und Rubine und Saphire. Wir müssen nur graben.

Wir gingen schließlich mit zu dem Piratenhügel. Einfach, weil wir sonst nichts anderes zu tun hatten. Bis zum Mittag hatten wir neun Löcher gebuddelt. Jan hatte schon bei dem sechsten angefangen herumzumosern.

Ist doch bekloppt, alles aufzuwühlen.

Und wie war das mit dem Staatsschatz, fragte ihn Benno, da hast du doch auch gesagt, völlig bekloppt.

Das war doch etwas anderes. Da wussten wir ja, wo er liegen sollte. Aber von diesem Störtebeker-Schatz, da wissen wir ja nicht einmal, ob es ihn überhaupt gibt. Und dann, wo er liegt. Erst soll er auf dem Medemgrund liegen, jetzt auf dem Pagensand. Ich glaube, du spinnst dir einfach was zusammen, gerade so, wie es dir in den

Kram passt. Selbst wenn er hier auf der Insel liegt, dann bitte wo? Da? Oder da? Oder da, fragte Jan böse, und er deutete jedes Mal in eine andere Himmelsrichtung. Oder vielleicht da unten und fünfzehn Meter tief, und Jan zeigte auf den Boden.

Benno grub verbissen weiter.

Ich muss sagen, er war wirklich zäh, und ich bewunderte ihn, wie er trotz seiner kaputten Hände allein weiterschaufelte. Wir saßen im Schatten und sahen ihm zu. Dann, in der zehnten Grube, Benno war kaum noch zu sehen, klirrte es metallisch. Wir guckten ins Loch. Benno bückte sich und wühlte mit den Händen im Sand.

Gold, fragte Georg ganz aufgeregt.

Nee. Aber immerhin Eisen. Benno hielt einen fingergroßen verrosteten Eisensplitter hoch. Dann fand er noch einen und noch einen. Drei Splitter, schartig, rostig und unzweifelhaft alt: Ein Stück von einem Helm, sagte Benno, und das ist ein Splitter von einem Enterbeil, und das ist ein Stück von einer Streitaxt.

Wir staunten, wir waren einfach sprachlos.

Diese drei Eisensplitter waren denn auch der Grund, dass wir bis zum Abend noch vier weitere Gruben gebuddelt haben. Erst dann gaben wir erschöpft auf und gingen zu unserem Lager zurück.

Auf dem Weg entdeckte Georg ein Bienennest in einer alten Weide.

Da ist jede Menge Honig drin, sagte er, die räuchern wir aus. Ihr holt nasses Holz und ein paar trockene Äste vom Ufer, und ich hole etwas Glut von unserem Feuer. Georg hinkte schnell weg und kam bald darauf wieder mit einem Kochtopf, in dem er die Glut trug. Er entfachte in dem hohlen Stamm der Weide ein Feuer. Der Rauch zog durch den Stamm wie durch einen Kamin nach oben ab und kam als kleine schwarze Wolke aus dem Schlupfloch heraus, und mit ihm hunderte von Bienen. Sie bildeten einen dichten Schwarm über der Weide. Georg griff mit den bloßen Händen in den Stamm. Hätte ich es nicht gesehen, ich würde es nicht glauben. Er zog eine weißlich gelbe Masse heraus. Er hielt sie in beiden Händen und humpelte schnell auf uns zu. Wir liefen vor ihm weg. Wir dachten, die Bienen würden sich auf uns stürzen. Georg legte den Honigklumpen in den Topf. Er leckte sich die Hände ab. Wir durften jeder einmal den Finger in den Honig stecken. Wunderbar, wie der schmeckte.

Georg hatte einen kleinen Schatz gehoben. Und er war dabei nur dreimal gestochen worden.

Tut das nicht weh?

Nee. Ist gut gegen Gicht, sagt meine Mutter.

Als Benno nochmals den Finger in den Honig stecken wollte, verbot es Georg: Das ist unser Nachtisch. Der Topf muss abgedeckt werden.

Wir stellten einen anderen Topf darauf.

Georg kontrollierte seine Fischbucht. Zwei Brassen schwammen im Wasser.

Diesmal guckte ich zu, wie Georg die Fische ausnahm, sie mit Knollen von wildem Lauch ausstopfte. Diese Lauchknollen schmeckten wie Zwiebeln. Jeden Fisch steckte er dann an einen Stock, der von zwei gegabelten Ästen gehalten wurde, und drehte sie sorgfältig, überstrich sie immer wieder mit dem Wasser.

Die Fische schmeckten knusprig und doch nicht trocken, dazu aromatisch nach diesem Lauch. Heute denke ich manchmal, ich habe nie wieder so guten Fisch gegessen.

Georg schob die Glut zusammen, bedeckte sie mit etwas Sand, ließ nur ein kleines Loch frei, damit sie sich bis zum nächsten Morgen hielt.

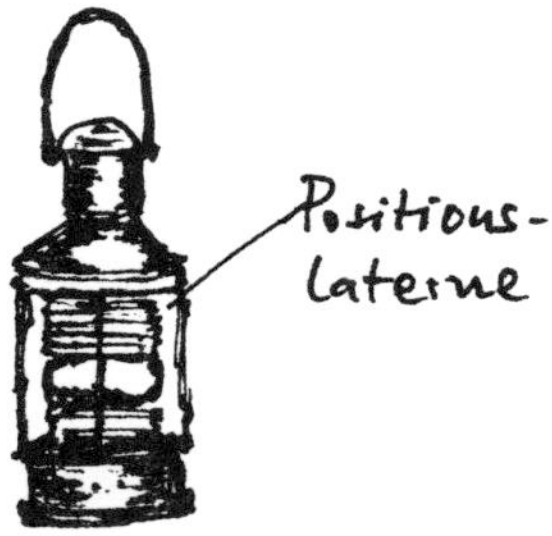

Wir saßen und blickten auf den Strom hinaus. Es war warm, und ein leichter Wind ging. Auf dem Strom zogen langsam die Lichter der Schiffe vorbei. Es war der erste Abend, an dem ich mir wünschte, dass man uns nicht so schnell entdecken und von der Insel abholen sollte. Andererseits würden uns spätestens in zwei Tagen unsere Eltern vermissen und dann natürlich suchen lassen. Schade, es hätte wirklich länger dauern können. Was war das für eine aufregende Fahrt gewesen. In der nächsten Woche würde ich mit meiner Mutter nach Sylt fahren, im Hotel frühstücken, im Strandkorb liegen, abends im Hotel essen. Dann dieses langweilige Kurkonzert, für das ich mir nachmittags ein Kleid anziehen musste. Kein bisschen Abenteuer. Ich konnte mir gar nicht vorstellen, wie ich die vier Wochen ohne die drei Freunde aushalten würde.

In dem Moment sagte Jan: Guckt mal, da.

Er zeigte auf die Elbe. Ein Motorboot fuhr der Insel entlang.

Sonderbar, sagte Jan.

Was ist daran so sonderbar?

Es hat keine Lichter gesetzt.

Das Motorboot kam langsam näher.

Wir können das Feuer anfachen, sagte Georg, dann sehen die uns.

Nee, sagte Jan, warte mal. Keine Positionslampen, nichts. Nachts ohne Lichter zu fahren, ist streng verboten.

Vielleicht Wasserschutzpolizei?

Nee! Ein Schiff muss nachts Positionslaternen führen. Kann man doch sonst von anderen Schiffen aus nicht sehen.

Das dunkle Boot glitt langsam vorbei. Nur kurz ging einmal ein Scheinwerfer an, und der Lichtstrahl strich über den Strand, dann verlöschte er wieder. Das Boot entfernte sich und verschwand an der Spitze der Insel.

Wäre doch schade gewesen, wenn der uns jetzt mitgenommen hätte. Dann hätten wir unseren Nachtisch nicht essen können, sagte Georg. Wir aßen den Honig in kleinen Klümpchen, kauten sorgfältig die Waben aus und spuckten dann das ausgekaute Wachs in einen Becher. Aus dem Wachs wollte Georg Kerzen machen, dann können wir nämlich mal in den Bunker hineinleuchten.

Da, sagte ich, schaut mal, das Motorboot kommt zurück.

Tatsächlich kam das dunkle Boot wieder an der Küste entlang. Es war also einmal um die ganze Insel herumgefahren. Das Boot stoppte. Wir hörten die Ankerkette ausrauschen. Kurz darauf wurde ein kleines Beiboot ins Wasser gelassen. Zwei Gestalten stiegen ein und fuhren zum Ufer.

Ich wollte schon Hallo rufen, da zischte Jan: Pscht!!! Ganz leise! Los!

Wir liefen am Ufer entlang. Das Beiboot hatte auf den Strand aufgesetzt. Ich sah, jeder der beiden Männer trug etwas Dickes, Schweres auf der Schulter. Hin und wieder leuchtete eine Taschenlampe auf, ein heller, starker Strahl.

Was schleppen die denn?

Kinder? flüsterte ich.

Quatsch, das sind Säcke.

Leise schlichen wir hinterher. Durch das Gestrüpp sahen wir den Lichtschein der Taschenlampen. Die beiden sprachen laut miteinander und machten auch sonst einen ziemlichen Lärm. Sie glaubten wohl, dass niemand außer ihnen auf der Insel sei. Verstehen konnten wir aus dieser Distanz nichts, nur hin und wieder das eine oder andere Wort.

Sie hatten die Bunkerruine erreicht, leuchteten den Eingang zum Keller ab, der Lichtschein wanderte die Mauer entlang, richtete sich plötzlich ins Unterholz, huschte über Büsche und Bäume, dann stiegen zwei riesige buckelige Schatten die Treppe hinunter, und der Lichtschein – das war das Unheimlichste – verschwand zuckend im Bunkerkeller, wurde nochmals kurz heller, um dann ganz zu verschwinden, bis er nach einer Weile wieder erschien, schwach, dann heller werdend, die Kellertreppe kamen zwei Schatten hoch, diesmal ohne Buckel.

Achtung, sie kommen, flüsterte Benno.

Sie gingen aufrecht. Sie kamen den Pfad entlang und ziemlich dicht an unserem Versteck vorbei. Der eine Mann war sehr groß, fast ein Riese. Ich musste sofort an die großen Fußabdrücke im Sand vor der Bunkertür denken. Er sagte: Der nächste kommt in einer Woche. Haben wir also Zeit.

Wir folgten ihnen wieder. Da trat ich auf einen morschen Ast. Es krachte. Nein, in meinen Ohren war es wie eine Explosion. Ich erstarrte. Die beiden blieben stehen. Und in der Stille hörten wir ganz deutlich den einen sagen: Da ist doch wer!

Mir wurde das Herz ganz kalt.

Ja, sagte der andere. Warte mal. Er ließ den Strahl der Taschenlampe langsam durch das Gebüsch wandern. Wir duckten uns.

Nee, is nix.

Und wenn doch jemand auf der Insel ist?

Nee, war doch nirgends ein Boot zu sehen.

Aber da hat was geknackt.

Na und, sagte die andere Stimme, hat es eben geknackt. Ist ein morscher Ast runtergefallen.

Die beiden gingen weiter. Wir folgten ihnen, jetzt aber in sicherem Abstand. Hinter den Büschen am Ufer versteckt, sahen wir, wie die beiden Männer das Beiboot ins Wasser schoben, sie stiegen ein, warfen den Außenborder an und fuhren zu dem Motorboot hinaus. Kurz darauf rappelte die Ankerkette, und das Motorboot nahm Fahrt auf, erst weiter draußen gingen die Lichter an, rot und grün die Positionslaternen.

Sonderbar, sagte Jan, da ist doch etwas oberfaul.

Aber was haben die gemacht?

Die haben etwas in den Bunkerkeller getragen.

Aber was war das?

Ich glaube, zwei Säcke, sagte ich.

Zwei Säcke, ja, aber was war in den Säcken?

Ich hatte sogleich wieder ein gruseliges Bild vor Augen, dachte an das Märchen von Blaubart und an den Trümmermörder.

Meine Güte, sagte Benno, die haben vielleicht den Störtebeker-Schatz gefunden.

Und den tragen sie jetzt von Insel zu Insel, sagte Jan. Als Osterhasen. Du hast wirklich einen Knall, und Jan tippte sich an die Stirn.

Wieso, sagte Benno, das könnte doch ...

Aber noch bevor Benno sich eine Erklärung dafür ausdenken konnte, warum die Männer einen Schatz in Säcken nachts auf eine Insel schleppten, sagte Georg: Wir gehen morgen früh hin und gucken einfach mal nach.

Das war leicht gesagt. Denn natürlich hatte jeder von uns auch Angst, was wir dann zu sehen bekämen.

Wir legten uns ins Zelt, und ich konnte lange nicht einschlafen. Plötzlich war die Insel nicht mehr geheuer. Vor ein paar Stunden wollte ich noch unbedingt zwei Tage Abenteuer haben, jetzt wäre ich gern bei meinen Eltern zu Hause in Sicherheit gewesen.

Als ich morgens unter dem Segel hervorkroch, war Georg schon dabei, Wachskerzen zu gießen. Es war erstaunlich, worin er sich auskannte und wie er sich zu helfen wusste. Georg erzählte, er habe das als kleines Kind auf der Flucht von seiner Mutter gelernt. Hilf dir selbst, so hilft dir Gott, habe seine Mutter immer gesagt.

Georg hatte Takelgarn genommen, es zu einem Docht gedreht, ein Stück von einem dicken Holunderast abgeschnitten, das Mark herausgepult, das Takelgarn auf einem Holzbrettchen befestigt, den Faden durch den hohlen Holunderast gezogen, den dann auf das Brett gestellt. Jan musste den Ast halten, ich den Faden.

Georg erhitzte das Wachs in dem Blechbecher über

dem Feuer, bis es flüssig war und goss es vorsichtig in den hohlen Holunderast. Vier Kerzen gossen wir so. Vier nach Bienenwachs duftende Kerzen.

Wir zündeten sie an der Glut des Lagerfeuers an und gingen, die Hand vor die Flamme haltend, zur Ruine. Es sah aus wie eine Prozession, die sich da langsam am helllichten Tag durch das Unterholz bewegte. Ging eine Kerze durch eine falsche Bewegung oder einen Windstoß aus, zündeten wir sie sofort an einer anderen wieder an.

Vor dem Bunker standen wir einen Moment unschlüssig herum. Niemand von uns getraute sich als Erster hinein. Heute bin ich sicher, dass jeder von uns die grässlichsten Vorstellungen von dem hatte, was in den Säcken verborgen war. Aber keiner von uns sprach das aus.

Schließlich sagte Jan: Der Kapitän guckt mal nach.

Da sagte Benno: Moment mal, ich bin doch Expeditionsleiter, ich muss als erster rein, ihr könnt draußen auf mich warten.

Man merkte ihm an, dass er genau genommen nicht hinunter wollte. Aber dass Jan nun als Erster sich hineinwagte, ließ sein Stolz nicht zu. Vorsichtig ging Benno hinunter, und ich konnte genau sehen, dass ihm die Knie zitterten. Hinter ihm hinkte Georg, dann kam Jan und als Letzte ich. Die Treppen waren von einem glitschigen Grün überzogen. Richtig matschig fühlte es sich an den nackten Füßen an. Unten war ein großer Raum, in dem dunkel das Wasser stand. Aus dem Wasser ragte ein verrostetes Eisenbett.

An der rechten Seite der Wand verlief ein Mauervorsprung. Auf diesem Vorsprung standen Gläser, Töpfe, Siebe, dazwischen zwei rostige Stahlhelme aus dem letzten Krieg. Wir leuchteten mit unseren Kerzen zum Wasser. Zwei dicke Kröten platschten von der Treppe ins Wasser. Das Klatschen hallte dumpf nach. Im Hintergrund konnten wir durch eine Tür in einen zweiten Raum sehen, in dem ebenfalls Wasser stand. Aber hin und wieder sah man im Schein des Lichts, dass sich irgendetwas darin bewegte. Es war als schwimme ein dicker Fisch oder irgendein anderes Tier darin herum.

Wo haben die beiden Kerle denn die Säcke gelassen?

Im Wasser?

Nee, glaub' ich nicht.

Wir müssten in den nächsten Raum gehen. Aber wie tief ist das Wasser?

Versinken kann man nicht. Die Männer hatten ja Gummistiefel an.

Ich steig da auf keinen Fall mit nackten Füßen hinein, sagte ich. Es schüttelte mich regelrecht. Das war mir einfach zu gruselig. Und ich sah, Jan wollte nicht, und Benno, der sonst beim Suchen und Entdecken ja immer der Erste ist, mochte auch nicht.

Schließlich sagte Georg: Ich gehe. Da schwimmen Kröten, die tun nix. Vorsichtig tastend stieg er die Treppe hinunter ins Wasser, watete, sein rechtes Bein nachziehend, durch den Kellerraum. Das Wasser reichte ihm bis zu den Waden. Er verschwand, die Kerze in der Hand, langsam im nächsten Raum.

Es dauerte. Hallo, riefen wir. Hallo. Wo bist du?

Hallo. Plötzlich hörten wir aus dem Nebenraum etwas platschen, und der Lichtschein war weg. Wir bekamen einen Mordsschreck.

Georg, rief Benno, er hielt seine Kerze höher.

Mensch, Georg, rief ich, und mir zitterte die Stimme, was ist los? Hörst du uns?

Da kam Georg aus dem anderen Raum, auf dem Rücken schleppte er einen Sack. Mir ist die Kerze ins Wasser gefallen, keuchte er und stapfte hinkend durch das Wasser, setzte auf der Treppe den Sack ab.

Einen Moment zögerten wir. Betasteten den Sack. Sind irgendwie viele kleine Säckchen, fühlt sich jedenfalls so an. Benno schnürte den Sack auf. Jan leuchtete hinein. Er zog einen Kunststoffbeutel heraus. In dem Beutel war Tabak. Benno wühlte und zog einen kleinen Kunststoffbeutel heraus, gefüllt mit etwas weichem Weißen.

Mehl, sagte Benno.

Können wir Brot backen, sagte Georg und riss ein Säckchen auf, tippte den Finger rein. Nee, das ist kein Mehl. Riecht sonderbar.

Nicht lecken, vielleicht ist das Gift. Rattengift, sagte Jan.

Auf der Insel gibt es doch gar keine Ratten.

Vielleicht rotten sie die damit aus.

Georg fiel das Säckchen hin, und etwas von dem weißen Puder verstreute auf der Treppe.

Den Sack zurückzutragen, dazu hatte Georg keine Lust. Auch Jan wollte es nicht und Benno auch nicht. Jan sagte zu Georg, du hast ihn geholt, also musst du ihn wieder zurückbringen.

Du hast wohl einen Triller unterm Pony, sagte Georg, und um ein Haar hätten sie sich wieder in die Haare gekriegt.

Wir stellen den Sack einfach hinter die Eisentür. Basta.

Wir stiegen die Treppe hoch, löschten die Kerzen und gingen auf dem Trampelpfad hinunter zum Strand, zu unserem Lager.

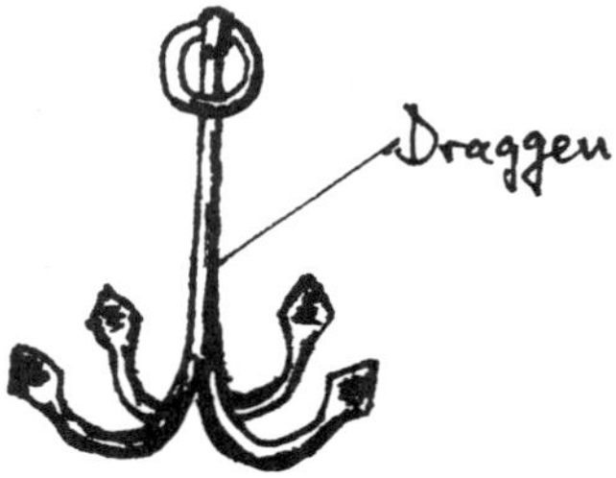

Georg wartete auf die Ebbe, um seinen Teich nach Fischen abzusuchen, und Jan war schon wieder dabei, Balken, Bohlen und Kanister für ein neues Floß zusammenzubinden, da hörten wir das Dröhnen des Motors. Ein Motorboot hielt auf die Insel zu.

Ich erschrak: Das Boot vom Schweinesand!

Auch Benno hatte es sofort wiedererkannt. Tatsächlich, das ist doch das Boot von diesem Kerl, der den König von Albanien bedroht hat.

Das Dröhnen des Motors erstarb, der Anker klatschte ins Wasser, und die Kette rauschte aus.

Zieh den Kopf ein, sagte Benno zu Georg, diese Typen sind gefährlich. Der Mann da, der hat den König mit einer Pistole bedroht. Und er hat ihm auch die blauen Flaschen zerschossen.

Wir rannten los, geduckt am Rand des Gebüschs entlang. Ein Beiboot wurde zu Wasser gelassen. Drei Männer stiegen ein, darunter tatsächlich die Geierklaue. An Bord kläffte ein großer Schäferhund. Die drei Männer fuhren im Beiboot an Land, gaben Gas, zogen den Außenborder hoch, und das kleine Boot schoss auf den Strand. Ein Mann mit hohen Gummistiefeln stieg aus dem Boot und zog es höher auf den Sand. Die Männer kamen direkt auf uns zu.

Los, flüsterte Benno, die gehen zur Ruine.

Wir schlichen uns schnell durch das Gestrüpp zur Ruine. Hinter einer verfilzten Brombeerhecke versteckten wir uns. Da kamen sie auch schon, gingen direkt zu der Kellertreppe des Bunkers. Zwei Männer stiegen hinunter, der dritte, die Geierklaue, blieb draußen. Er setzte sich auf einen der herumliegenden Betonblöcke und zündete sich eine Zigarette an. Kurz darauf kamen die zwei Männer zurück.

Da war nur der eine Sack.

Unmöglich. Die haben gesagt: zwei Säcke. Los, sucht den Sack!

Die beiden Männer verschwanden wieder in der Bunkerruine. Geierklaue, die Zigarette im Mundwinkel, ein Auge zugekniffen, schnürte den Seesack auf, wühlte in dem Sack, wühlte, bis er ein Päckchen mit dem weißen Zeug herausholte. Er riss es vorsichtig auf, tippte mit dem Finger hinein, roch, leckte daran. Legte dann das zusammengefaltete Kunststoffsäckchen wieder in den Seesack zurück, nahm eines mit dem Tabak heraus. Kurz darauf erschien der eine Mann, rief: Chef, kommen Sie mal.

Der Mann verschwand, und einen Augenblick später kamen sie alle herausgerannt. Los, brüllte Geierklaue, die Insel durchsuchen. Da ist jemand auf der Insel. Dieser Verrückte! Der König!

Aber wie ist der hergekommen?

Weiß der Henker. Wenn der den Sack gefunden hat. Dann.

Was dann?

Na, was schon? Geierklaue zog eine Pistole aus der Jacke. Dann müssen wir den mundtot machen.

Wir saßen in unserem Versteck und sahen uns an, und jeder sah bei dem anderen das Entsetzen. Bis zu dem Augenblick hatten wir gedacht, das alles sei ein tolles Ferienabenteuer. Nun wurde es plötzlich todernst. Der eine Mann, der ein großkariertes Hemd trug, war zur Lichtung gegangen und plötzlich in eines der Löcher gestolpert, die wir ausgebuddelt hatten. Der Mann fluchte wie wild, stieg heraus, klopfte sich den Sand aus der Hose und rief: Chef, sehen Sie sich das mal an, da hat jemand gegraben. Vier Löcher. Alles aufgewühlt.

Klar, das ist dieser Verrückte, der König. Vielleicht ist der ja mit diesen Kindern hergekommen, sagte der Mann in den hohen Gummistiefeln, die hatten doch ein Boot.

Hier war weit und breit kein Boot zu sehen, sagte der andere.

Was weiß ich, vielleicht sind zwei mit dem Boot zum Festland gesegelt.

Los, sagte Geierklaue, ihr bringt die Säcke an Bord und holt den Hund! Und bringt auch die andere Wumme mit. Der hat sich ja selbst gleich mehrere Gruben ausgehoben.

Mir blieb das Herz stehen.

Die Geierklaue ging, die Pistole in der Hand, vorsichtig zum anderen Hügel hinüber. Die beiden Männer schleppten die Säcke weg.

Was heißt denn Wumme, fragte ich flüsternd Jan.

Pistole.

Was sollen wir machen? Wo uns verstecken?

In den Bunker rein. Da suchen die uns jetzt nicht mehr.

Wenn die den Hund haben, dann werden sie als Erstes mit dem dahin gehen, damit er die Spur aufnimmt, sagte

Georg. Und wenn die nochmal in den Bunker steigen, sitzen wir in der Falle. Er schlug vor, an den Strand, zu unserem Lager zu laufen. Wir schreiben auf das Genuasegel HILFE, und dann hängen wir das Segel auf. Bald kommt die „Jan Molsen". Die fährt ziemlich nah an der Insel vorbei, haben wir doch gesehen.

Wir rannten zu unserem Zelt und schrieben mit Holzkohle aus unserem Feuer groß: HILFE auf das Segel und hängten es zwischen zwei Bäumen auf. Von weitem sahen wir, wie das Beiboot wieder zurück an Land fuhr. Drei Männer waren darauf und ein Schäferhund. Bald hörten wir das wilde Kläffen. Der Hund verfolgte unsere Spur, die sich über die Insel hinzog, mal hörten wir das Kläffen näher kommen, dann entfernte es sich wieder. Wir waren ja viel auf der Insel herumgelaufen. Wie werden die über diese dreizehn Löcher gestaunt haben, die wir auf dem zweiten Hügel gegraben haben. Aber der Gedanke daran grauste mich, denn ich musste gleich daran denken, wie die Geierklaue gesagt hatte, da hat der König sich ja gleich mehrere Gräber ausgehoben.

Wir hielten Ausschau nach dem Ausflugsdampfer, der „Jan Molsen". Aber der Dampfer war weit und breit nicht zu sehen. Möglicherweise war er gerade heute weiter draußen entlanggefahren. Dann kam das Kläffen des Hundes näher und näher. Schon hörten wir die Stimmen der Männer. Wohin auf einer Insel? Noch dazu auf einer so kleinen Flussinsel.

Es war Benno, der den rettenden Einfall hatte: Das Beiboot.

Welches Beiboot?

Na, das von denen. Wir kapern das.

Benno nahm die Kassette mit dem Staatsschatz, und dann liefen wir los.

Meine Güte, ist die schwer, keuchte Benno. Georg nahm ihm die Kassette ab, obwohl er sich mit seinem steifen Bein beim Laufen schwer tat.

Das Beiboot ist bewacht, sagte Jan ganz außer Atem.

Tatsächlich, da stand der Mann, dieser Riese, in hohen Seestiefeln.

Wir kauerten uns hinter ein dichtes Weidengebüsch und hielten außer Atem Kriegsrat.

Wir müssen ihn ablenken.

Ich mach das, sagte Benno, ich schleich mich von hinten an den Mann ran. Und ihr lauft zum Boot. Jan schmeißt den Außenborder an. Ihr müsst das Boot ins Wasser schieben, sagte Benno, ich spring dann rein. Aber lasst mich ja nicht zurück.

Wir liefen geduckt am Rand des Gestrüpps den Strand entlang, bis zu der Stelle, wo das Beiboot lag. Der Mann hatte sich unter eine Weide in den Schatten gesetzt. Wartet, zischte Benno und zeigte auf die Elbe, wo das Motorboot vor Anker lag. Deutlich sah man in dem Steuerhäuschen des Motorboots einen Mann, der durch den Feldstecher den Strand beobachtete. Das Hundegekläff wurde lauter und lauter und kam immer näher.

Los, zischte Benno, jetzt lauft los. Benno schlug mit einem Stock wie wild gegen einen hohlen Weidenbaum, dazu stieß er gurgelnde Laute aus, so als würde jemand von einer riesigen Pythonschlange erdrosselt. Grässlich hörte sich das an.

Der Mann sprang auf, stürzte in Richtung des Gebüschs. In dem Augenblick rannten Jan, Georg und ich den Strand hinunter Richtung Beiboot. Jeder weiß, wie mühsam es ist, im Sand zu laufen. Georg hinkte hinter uns her. Ich nahm ihm die Schatzkassette ab. Wie schwer die war, wenn man rennen musste, noch dazu im Sand, mit jedem Schritt wurde sie schwerer.

In dem Moment begann die Sirene auf dem Motorboot zu heulen, ein durchdringender Dauerton. Der Mann im Steuerhäuschen hatte uns also entdeckt.

Wir schoben das Boot ins Wasser, da kam Benno aus dem Gebüsch gespurtet. Meine Güte, der lief, der lief Weltrekord im Strandrennen. Und hinter ihm her dieser Kerl, ein Mann mit Bart und hohen Gummistiefeln. Gottseidank hatte er keine Pistole. Benno schlug einen Haken und rannte jetzt zum Boot. Da wechselte der Kerl, der mit seinen Seestiefeln nicht so schnell laufen konnte, plötzlich die Richtung und rannte hinter Georg her. Georg quälte sich mühsam durch den Sand. Der Kerl kam näher und näher, packte Georg. Weiter hinten, dort wo wir unser Lager hatten, tauchte Geierklaue auf. Er trillerte mit einer Pfeife. Die zwei Männer mit dem Hund kamen hinter ihm aus dem Gebüsch. Georg kämpfte mit dem Mann. Jan riss an der Schnur des Außenborders. Der Hund war von der Leine gelassen worden und hetzte den Strand entlang auf uns zu. Der Mann nahm Georg in den Schwitzkasten. Benno schlug einen Haken und rannte zu den beiden Kämpfenden. Der Mann hatte Georg in die Knie gezwungen, Georg keuchte, griff in den Sand und warf ihn dem Kerl ins Gesicht, Benno packte von hinten den Kopf des Mannes und riss ihn zur Seite.

Georg rappelte sich hoch und stieß dem Mann, der sich die Augen rieb, seinen Kopf mit voller Wucht gegen das Kinn. Der Mann fiel auf den Hintern, saß da, benommen, schüttelte den Kopf.

Georg hinkte so schnell er konnte zum Wasser. Hinter ihm her rannte der Schäferhund. Georg war im Wasser, watete auf uns zu. Der Hund sprang in großen Sätzen durch das flache Wasser. Georg und Benno schoben das Boot tiefer ins Wasser. Der Hund schwamm auf uns zu. Aber ein Hund, der schwimmt, kann schlecht beißen, das weiß ich seit diesem Tag. Jan riss an der Anlassschnur. Der Motor sprang nicht an. Die Männer liefen den Strand entlang, kamen näher und näher. Voran Geierklaue. Sie brüllten. Auch der riesige Kerl, den Georgs Kopfnuss zu Boden gebracht hatte, war wieder aufgesprungen. Er sah fuchsteufelswild aus, wie er auf uns zukam. Das Wasser spritzte unter seinen Schritten auf. Da hörten wir den ersten Schuss. Geierklaue schoss. Ja, tatsächlich, er schoss. Aber noch war er zu weit weg. Komm, verdammt komm, flehte Jan den Motor an. Er riss an der Leine, und da, tatsächlich im letzten Augenblick sprang der Motor an. Der Riese watete auf das Boot zu, schon griff er nach dem Bootsrand, in dem Augenblick machte das Boot einen kleinen Satz und schoss los. Beinahe wäre ich noch über Bord gekippt, mit einem solchen Ruck fuhr es an.

Wir fuhren eine Kurve Richtung Strommitte. Da sahen wir, wie das Motorboot auf uns zukam. Der Mann hatte den Anker in der Zwischenzeit gelichtet, und das Boot drehte langsam auf uns zu.

Zur Fahrrinne, sagte Jan, zu den Schiffen, da können wir SOS signalisieren.

Aber da bekam das Motorboot einen weißen Schnurrbart. Der Bug stieg aus dem Wasser, höher und höher. Wie schnell das Motorboot war, weit schneller als unser Beiboot. Es war jetzt so nah, dass wir deutlich den Mann erkennen konnten, der es steuerte.

Benno behauptete später, es sei der Lehrer Schaper gewesen. Aber das stimmte natürlich nicht. Er hatte nur ein ebenso dummhochmütiges Gesicht.

Wir machten eine Kurve, und er hielt genau auf uns zu. Ich schrie auf. Jan fuhr eine elegante Schleife, das Motorboot schoss vorbei. Wir sahen den Mann wie wild an dem Steuer kurbeln. Das Boot kam wieder auf uns zu.

Der will uns rammen, schrie ich. Der bringt uns um! Der ist schneller als wir. Den können wir nicht abschütteln.

Doch, sagte Benno. Dort die Pricke, dieses kahle Bäumchen, da musst du vorbeifahren, Jan. Die Stelle ist inzwischen bestimmt versandet. Die Insel wandert langsam elbabwärts.

Benno ist sicherlich der Mensch auf der Welt, der die Elbinseln am besten kennt, besser als jeder Lotse, weil er die Karten aus vielen Jahrhunderten studiert hat. Jan fuhr eine Kurve und noch eine. Jan machte das sehr gekonnt, wie ein Torero, nur dass uns kein Stier, sondern ein schweres Motorboot verfolgte. Aber der Abstand wurde immer kleiner.

Wartet mal, sagte Benno plötzlich, ich glaube, dort muss die Stelle sein, wo der Schatz liegt.

Ich kann doch jetzt nicht warten, Mensch, brüllte Jan, der ist hinter uns her. Der rammt uns gleich!

Klar, wir haben an der falschen Stelle gegraben.

Der will uns umbringen, schrie ich, und du erzählst uns was von dem Störtebeker-Schatz. Jan fuhr knapp an der Pricke vorbei, die anzeigt, dass an der Stelle noch genügend Wassertiefe für die Schiffe vorhanden ist. Darum folgte uns auch das Motorboot. Schon so dicht, dass wir den Bug über uns sahen, da, plötzlich, hob sich der Bug des Motorboots. Ich sah, wie der Mann vom Steuer geschleudert wurde. Das Motorboot war aufgelaufen. Es saß fest. Während wir mit unserem Außenborder leicht über die Untiefe hinwegkamen. Wir schrien, wir lachten, wir kreischten, wir waren außer Rand und Band. Jan fuhr eine Kurve, von dem Mann am Steuer war nichts mehr zu sehen. Sicherlich war er beim plötzlichen Aufsetzen des Boots zu Boden geschleudert worden.

Los, sagte Benno, wir fahren einmal um unsere Schatzinsel herum. Wie langgestreckt die Insel auch bei Flut dalag. Dort, fing Benno wieder an, muss der Schatz von Störtebeker liegen, nicht auf dem zweiten Hügel, sondern auf dem ersten, wo auch die Bunkerruine steht. Und zwar ganz vorn am Hügel. Das war einmal die Spitze der Insel vor gut 550 Jahren. Wir umrandeten das Kap, und da sahen wir unsere „Freundin der Winde“ in den Wellen liegen, ein trauriges Wrack. Ein Teil des weißen Kajütdachs leuchtete in der Sonne, daneben stachen die Spanten wie von einem Gerippe aus dem Wasser. Ich entdeckte unser Segel mit den großen Buchstaben HILFE und dann die Geierklaue mit den beiden Männern am Ufer. Alle drei ballten die Fäuste. Wir winkten munter zurück. Der Hund kläffte wie wild.

Wir fuhren nochmals an dem Motorboot vorbei. Es saß wie festgeschraubt auf der Sandbank. Deutlich sahen wir die weiße Gischt am Heck. Der Mann versuchte wohl, durch volle Fahrt zurück das Boot von der Sandbank zu ziehen. Vergebens. Der Mann kam aus dem Ruderhaus. Auch er ballte die Faust. Er hatte eine Platzwunde am Kopf.

Mast- und Schotbruch, rief Jan hinüber, dann wendete er das Boot und fuhr Richtung Fahrrinne.

Das war ein tolles Gefühl, in so einem kleinen Boot über das Wasser zu flitzen und eine Tonne zu erreichen, die früher, von der Insel aus gesehen, unerreichbar weit entfernt gewesen war.

Wir fuhren in die Fahrrinne, sahen die riesigen Schiffe über uns, als plötzlich der Motor spuckte. Jan sah in den Tank. Das Benzin ist alle. So trieben wir eine gute Stunde, bis uns ein Boot der Wasserschutzpolizei aufnahm.

Die wunderten sich natürlich. Vier verwilderte Kinder. Denn das fiel mir erst auf, als wir an Bord dieses gepflegten Polizeiboots waren und ich mal auf die Toilette musste: wie verwildert mein Spiegelbild aussah. Und so sahen auch die Jungen aus. Die Hosen und Hemden waren eingerissen. Die Haare verfilzt. Zerkratzt waren wir und dreckig und barfuß.

Wir sind Schiffbrüchige, erklärte Benno feierlich, wir sind in dem Sturm vor ein paar Tagen auf dem Pagensand gestrandet.

Da muss ich aber lachen, sagte der Polizist und lachte nicht. Schiffbrüchige auf einem Motorboot habe ich noch nie gesehen. Ihr habt das Motorboot geklaut.

Ja, sagte Benno, natürlich.

Das gebt ihr einfach so zu?

Ja, aber nur, weil die uns sonst erschossen hätten.

Was?

Die Geierklaue hat auf uns geschossen.

Wie Geier das so zu tun pflegen.

Wir machen keine Witze, sagte Georg ernst.

Jetzt hört mal zu, sagte der Polizist, ihr könnt uns nicht die Hucke volllügen.

Aber hier, sagte ich, das ist der Staatsschatz des Königs von Albanien.

Der hat uns gerade noch gefehlt, der König von Albanien. Den Spinner kennen wir. Und jetzt noch vier weitere Spinner, das ist wirklich zuviel des Guten.

Nein. Das ist die Wahrheit.

Da muss man mir aber zwei Gabeln zum Lachen geben, und er lachte betont künstlich: Ha, ha. Also, wo habt ihr das Boot geklaut?

Wir erzählten die Geschichte mit dem Motorboot. Aber das wollten die Polizisten uns nicht glauben, und so fuhren sie mit uns wieder zu der Insel zurück. Das Motorboot saß noch immer fest. Das überzeugte die Polizisten: wenigstens der Teil der Geschichte musste ja stimmen. Ein Motorboot saß auf Grund. An Bord des Boots war aber niemand zu sehen, und auch am Strand zeigte sich keiner.

Wir waren jetzt immerhin so glaubwürdig, dass die Polizei über Funk ein Zollboot zur Unterstützung anforderte. Es dauerte nicht lange, da tauchte der Zollkutter auf und kam längsseits. Ein Zollinspektor stieg an Bord des Polizeiboots. Wir dachten, wir müssten dem nochmals beteuern, dass alles wahr sei, aber der Zollinspektor hatte gar keinen Zweifel an unserer Geschichte. Er sagte, der Zoll hätte das Motorboot, das da auf Grund saß, schon seit längerem überwacht und erst heute morgen noch kontrolliert. Das ganze Boot hätten sie durchsucht, von oben bis unten, aber nichts gefunden. Man habe den Verdacht, dass die schmuggelten. Nur beweisen konnte man denen bisher nie etwas.

Wir erzählten, dass wir Geierklaue schon beim König von Albanien gesehen hätten, wie er auf die Flaschen geschossen hätte. Dann hätten wir einen seiner Leute wiedergetroffen, als von einem Frachter Kautschukblöcke ins Wasser geworfen wurden.

Kautschukblöcke?

Ja, als wir einen auffischen wollten, haben die uns bedroht, richtig gefährlich. Und dann erzählte Benno, wie wir im Sturm unser Boot verloren hatten. Benno stellte es wirklich dramatisch dar, und wie wir dann nachts die

Männer mit den Seesäcken beobachtet hatten. Die haben die in den Bunker getragen. Und am nächsten Morgen kam Geierklaue und holte die Säcke. In den Säcken war Tabak und so ein weißes Zeug. Nicht Mehl. Rattengift.

Nein, sagte der Zollinspektor, das ist Kokain. Deshalb wollte der Kerl euch an den Kragen.

Ich muss schon sagen, dieser Zollinspektor schaltete viel schneller als die Wasserschutzpolizisten. Denn einer von denen fragte lauernd: Das war das Motorboot dort?

Nein.

Natürlich nicht, sagte der Zollinspektor, das ist der Schlüssel, warum wir die nicht erwischt haben. Ein Motorboot fischt die Kautschukballen heraus, darin haben die wasserdicht das Kokain und den Tabak versteckt. Die packen das aus, schaffen es nachts auf die Insel. Und später, wenn die Luft rein ist, holen sie das Schmuggelgut mit einem anderen Boot ab.

Deshalb wollen sie auch den König von Albanien vom Schweinesand vertreiben. Die Insel liegt viel näher am Hamburger Hafen. Da könnten sie noch schneller hin und das Zeug abholen, sagte Jan.

Richtig. Ganz schön schlau seid ihr.

Georg sagte: Im Bunker finden Sie etwas von dem weißen Pulver. Gleich rechts, wenn sie die Treppe hinuntergehen.

Das Polizeiboot wartete noch ein anderes Zollboot ab, dann wollten die Polizisten mit den Zöllnern die Insel durchkämmen.

Wahrscheinlich haben die inzwischen die Säcke vergraben. Dann müssen Sie graben, sagte Benno, wir haben insgesamt siebzehn Löcher gebuddelt, dreizehn Löcher auf dem einen Hügel, den Rest auf dem anderen. Müssen Sie nur nachzählen.

Natürlich wollten wir mit auf die Insel und zusehen, wie die Schmuggler verhaftet wurden, aber da das zu gefährlich war, sagte der Polizeiwachtmeister: Nein.

Wir machen Ihnen von den Löchern eine genaue Zeichnung. Bestimmt haben sie die Säcke in eines der Löcher gelegt und dann einfach den Sand darauf geschaufelt. Und Benno begann die Löcher, die wir gegraben hatten, einzuzeichnen. Die Zeichnung nahm der Zollinspektor mit, bedankte sich nochmals, lobte uns, weil wir so genau alles beobachtet hatten, und stieg wieder auf den Zollkutter.

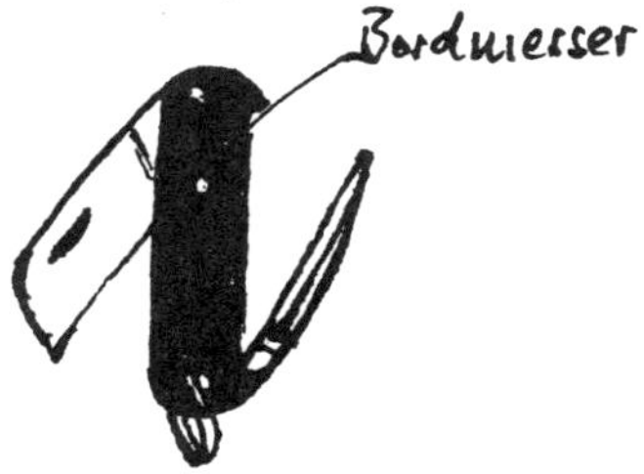

Wir fuhren mit dem Boot der Wasserschutzpolizei zurück, Richtung Hamburg. Ein sonderbares Gefühl, auf einem schnellen Boot zurückzufahren und in wenigen Stunden das zu schaffen, wofür wir bei der Hinfahrt zwei Tage gebraucht hatten. Aber das Segeln hat eben doch weit mehr Spaß gemacht.

Was habt ihr denn auf der Insel gesucht?

Den Staatsschatz von dem König von Albanien. Erst lachten die Polizisten blöd, aber als sie sich die Kassette ansahen, wurden sie neugierig. Aber auch sie durften nicht die Kassette aufknacken. Die gehörte schließlich dem König von Albanien. Und da erklärten sie sich doch noch bereit, uns zum Schweinesand zu fahren.

War der wirklich mal König von Albanien, fragte ich.

Quatsch, sagte der Polizist.

Und was ist das, fragte er, als Benno die drei verrosteten Splitter aus der Tasche zog.

Das sind Reste von den Schwertern und Helmen der Störtebeker-Mannschaft, erklärte Benno, haben wir auf der Insel ausgegraben.

Störtebeker? Nee. Der Polizist lachte schon wieder. Das sind Flaksplitter. Und mit dem König ist das so: Während des Krieges standen auf der Insel Flakgeschütze. Die sollten die englischen Bomber, die nach Hamburg flogen, beschießen. Die Granaten, die in der Luft explodierten, regneten als Splitter runter. Der König von Albanien war damals bei der Flak Soldat. Ist dann ein bisschen komisch im Kopf geworden, wollte nicht mehr schießen. Tja, und als der Krieg zu Ende war, ist er als Einsiedler auf dem Pagensand geblieben. Später haben die Engländer den Bunker gesprengt. Und da haben sie ihn, weil er sich weigerte, die Insel zu verlassen, mit der Polizei abholen und nach Hamburg bringen lassen. Da ist er dann ganz durchgedreht. Glaubte, er sei König von Albanien, sagte, der Pagensand sei Albanien. Daraufhin wollte man ihn in die Klapsmühle bringen, da ist er ausgebüxt und auf den Schweinesand gegangen. Dort lebt er seitdem. Bisschen verrückt, aber tut ja keinem was.

Das Polizeiboot ankerte am Schweinesand. Wir fuhren mit einem Beiboot hinüber. Zwei Polizisten begleiteten uns. Die waren neugierig und wollten natürlich auch wissen, was in der Kassette war.

Wieder begrüßte uns das schwarze Schwein Caesar, wobei die Polizisten doch ein paar Schritte zurückwichen. Gelassen tätschelte ich das Schwein vor ihren Augen, musste mir aber Mühe geben, nicht loszuprusten, weil ich daran dachte, wie ich bei der ersten Begegnung an dem Erlenstämmchen gehangen hatte. Das Schwein führte uns zu der Lichtung, wo die Hütte stand. Der König saß im Schaukelstuhl auf seiner Veranda und rauchte.

Ich will keine fremden Truppen auf meinem Territorium, sagte er streng zu den Polizisten und verbat ihnen, seinen Palast zu betreten. Die haben hier nichts zu suchen. Es sei denn, Sie nehmen die Mützen ab und legen sie dort hinten bei dem Baumstumpf ab.

Die Polizisten nahmen denn auch brav die Mützen ab. Benno überreichte ihm die Schatulle.

Mein Staatsschatz, rief er und stand aus dem Schaukelstuhl auf. Er stellte die Kassette vorsichtig auf den Tisch, klatschte wie ein Kind in die Hände, stand dann stramm und sang diesen merkwürdig schnarrend grunzenden Gesang, seine Nationalhymne. Endlich kann ich meine Minister bezahlen, endlich Verbesserungen im Lande vornehmen. Er holte unter seinem Hemd einen Schlüssel hervor, den er an einer Lederschnur um den Hals trug. Der Schlüssel passte in das Schloss, und nach einigem Rucken sprang es auf. Ich werde euch reich belohnen. Er öffnete vorsichtig den Deckel. Darin lag ein Wachstuchpäckchen. Behutsam faltete er es auf. Mehrere Bündel Banknoten lagen darin, Reichsmark, alte, inzwischen wertlose Banknoten. Jeder von euch bekommt dreitausend Mark.

Darf ich das Dokument sehen, Eure Majestät, fragte der eine Polizist.

Ja, bitte.

Der Polizist las den Zettel und gab ihn dann zurück. Er nickte mit dem Kopf und erzählte uns später, dass es die Kasse einer deutschen Division gewesen sei. Wahrscheinlich war die vor den anrückenden Engländern auf der Insel in Sicherheit gebracht worden.

Der König von Albanien muss sie später auf der Insel vergraben haben. Das war damals tatsächlich ein Schatz gewesen: 120 000 Reichsmark. Aber inzwischen, nach der Währungsreform, hatten die Noten nur noch den Wert von Altpapier.

Der König überreichte jedem von uns dreitausend wertlose Mark. Und für dich, sagte er zu Benno, habe ich noch etwas Besonderes. Er schenkte Benno eine Münze. Eine Silbermünze. Die hab' ich auf dem Pagensand gefunden. Nach einer Sturmflut, da ist die Münze freigespült worden.

Benno hielt die Münze in der Hand. Lubec stand darauf und das Datum 1365.

Eine Münze aus dem Störtebeker-Schatz, sagte Benno.

So, sagte der König von Albanien, ich muss jetzt die Audienz beenden, meine Minister warten. Kommt recht bald wieder.

Übrigens, sagte Georg, vor der Geierklaue und seinen Männern müssen Sie keine Angst mehr haben. Die kommen hinter Schloss und Riegel.

Stimmt das? fragte der König die Polizisten.

Ja.

Ich danke euch, er drückte uns die Hand. Orden vergebe ich grundsätzlich nicht, aber der Dank all meiner Untertanen ist euch gewiss.

Die beiden Polizisten, die ihm auch die Hand drücken wollten, wedelte er einfach weg. Er ging zu seinen Ziegen und begann sie zu melken.

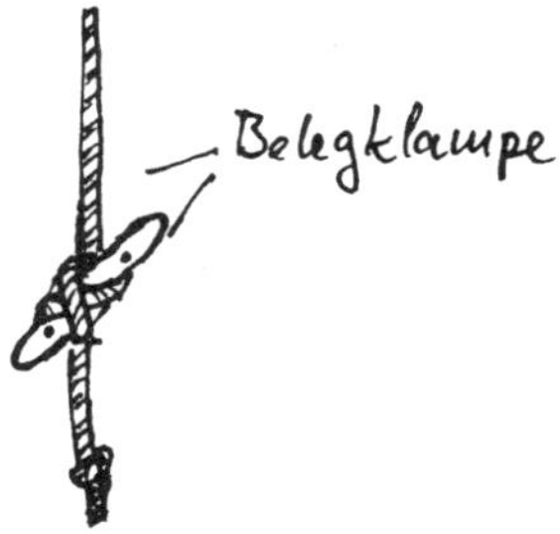

Das Polizeiboot setzte uns auf dem Ponton von Övelgönne ab.

Wir gingen zu dem Bootsschuppen und holten unsere Räder. Wie leicht die waren. Ganz im Gegensatz zu den mit Satteltaschen, Decken, Schlafsäcken, dem Proviant vollgepackten Rädern, mit denen wir losgeradelt waren. Jetzt hatten wir nichts mehr. Wir kamen buchstäblich erleichtert nach Hause, barfuß, völlig abgerissen, aber heil.

Jan wollte mich mit dem Fahrrad nach Hause begleiten, aber ich sagte nein. Ich fahre noch ein Stück mit Benno. Einen Moment zögerte Jan. Georg sagte, meine Mutter wartet, die macht sich sonst Sorgen. Also bis bald, bis zum Schulan..., er wollte wohl sagen Schulanfang, aber den gab es für Benno ja nicht mehr, jedenfalls nicht an unserem Gymnasium. Und so sagte Georg nur: Na denn. Bis bald.

Jan winkte nochmals. Dann fuhren wir los, Benno und ich. Ich machte extra einen Umweg, um Benno noch ein Stück zu begleiten. Und natürlich wusste auch Benno, dass ich seinetwegen diesen Umweg machte. So fuhren wir eine Zeit nebeneinanderher, ohne zu reden.

Ich muss jetzt nach Hause, sagte ich.

Können wir uns morgen oder übermorgen sehen, fragte er.

Das geht nicht, leider. Ich fahre morgen mit meiner Mutter nach Sylt.

Die ganzen Ferien?

Ja. Aber danach können wir uns treffen.

Wir standen einen Augenblick da, und wir waren beide ein wenig verlegen. Beide hielten wir die Räder fest. Ich sah sein verwuscheltes Haar und dachte daran, dass ich es, als wir im Boot schliefen, mit den Füßen gestreichelt hatte.

Ja dann, sagte er, blieb aber stehen.

Ja, und da habe ich sachte sein Haar gestreichelt und bin mit dem Kopf, mit der Nase, mit den Lippen nach vorn gekommen – und habe ihn geküsst, dabei aber immer mit einer Hand das Fahrrad festgehalten. Nur flüchtig, aber immerhin, es war das erste Mal, dass ich einen Jungen geküsst habe. Er stand einen Augenblick da, wie erstarrt, hielt sich am Fahrrad fest. Aber er sagte nichts. Und ich war so aufgeregt, dass mir auch nichts einfiel. So stieg ich aufs Fahrrad und sagte: Viel Glück.

Warte! rief er. Er lehnte sein Fahrrad gegen eine Gartenmauer und suchte in der Tasche.

Mach die Hand auf, sagte er, und dann legte er mir die Münze aus dem Störtebeker-Schatz in die Hand.

Moment, sagte ich und zog aus dem Brustbeutel das silberne Fünfmarkstück, das der König von Albanien vor unseren Augen verbogen hatte. Ich drückte es ihm in die Hand.

Danke! Er drehte sich um, stieg auf sein Rad und fuhr die Straße hinunter, ohne sich auch nur einmal umzudrehen.

Zu Hause angekommen, stürmte ich in die Küche, fiel meiner Mutter um den Hals und sagte: Es war herrlich. Es war wunderschön!

Nanu, sagte meine Mutter, lass dich erst mal ansehen. Ich dachte, du kommst spät nach Hause. Meine Güte, wie siehst du denn aus, so dünn und richtig verwildert. Aber braun bist du geworden. Und wo sind deine Schuhe?

In der Elbe.

Was?

Stell dir vor, wir haben den König von Albanien auf dem Schweinesand getroffen. Wir sind auf einer Insel in der Elbe gestrandet. Dort haben wir den Staatsschatz von dem König von Albanien gefunden. Danach ein Schmuggellager entdeckt. Die Schmuggler haben uns verfolgt, aber wir haben das Motorboot der Schmuggler auf eine Sandbank gelockt. Da steckt es noch immer fest, und die Schmuggler sitzen jetzt hinter Schloss und Riegel.

Meine Mutter lachte: Das hört sich an, als wärst du nicht mit Isabell, sondern mit diesem Geschichtenerzähler unterwegs gewesen, mit diesem Benno.

Ja, sagte ich. Aber es ist wirklich wahr. Ich habe solchen Hunger.

Das Essen ist schon lange fertig, ich habe es warm gestellt: Gulasch. Aber erst mal wasch dir wenigstens die Hände und das Gesicht.

Mein Vater kam wieder einmal sehr spät aus seiner Praxis. Er wollte wissen, ob wir in Cuxhaven gewesen seien.

Nein, aber wir haben den Staatsschatz von dem König von Albanien gefunden.

Auch nicht übel, sagte er und lachte. Er musste schnell essen, weil er noch zwei Krankenbesuche zu machen hatte.

Ich ging abends ins Bett, zog mir die weiche Decke über den Kopf und dachte an die Zeit in dem Zelt, und ich spürte ein wohliges Frösteln. Ich bin dann schnell eingeschlafen.

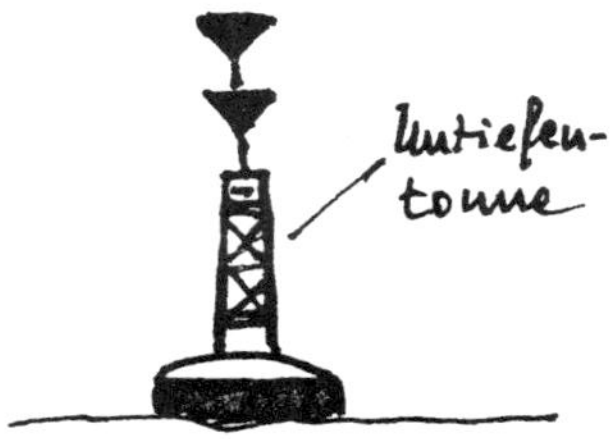

Damit ist die Geschichte unserer Schatzsuche zu Ende. Es war meine erste Reise ohne Eltern. Später bin ich viel gereist, ich war in der Sahara, im Regenwald von Burundi und sogar auf Borneo. Ich bin nämlich Geografielehrerin. Aber keine Reise war so aufregend, so wundersam, so abenteuerlich wie diese Schatzsuche auf der Elbe, gleich vor der Haustür.

Richtig. Was aus den Jungen geworden ist?

Bennos Eltern zogen nach Harburg. Wir haben uns nach den Ferien nicht mehr gesehen. Jan wurde Kapitän und ist heute Lotse, wie sein Vater. Er wohnt noch immer unten an der Elbe. Und hin und wieder sehen wir uns, seine und meine Kinder segeln nämlich.

Georg ist Arzt geworden und lebt mit seiner Familie in Berlin. Manchmal kommt er auf Besuch nach Hamburg, und wir treffen uns dann mit Jan. Jedes Mal kommen wir auch auf unsere Schatzsuche zu sprechen. Beim letzten Mal hatte Georg eine Neuigkeit: Stellt euch vor, sagte er, ich habe Benno getroffen.

Tatsächlich?

Ja, er war auf einem Kongress in Berlin. Er ist Ägyptologe geworden. Er hat sein Abitur nachgeholt, studiert und hat in Ägypten ein Pharaonengrab ausgegraben. Er entziffert Hieroglyphen.

Sonderbar, sagte Jan, erinnert ihr euch, Benno ist doch sitzen geblieben, weil er nicht richtig schreiben konnte.

Vielleicht kann er ja gerade darum so merkwürdige Schriften entziffern.

Was dieser eklige Schaper jetzt wohl sagen würde?

Ja, sagte Georg, der würde staunen.

Meine Mutter hat immer gesagt, der Junge hat eine blühende Fantasie. Ist er verheiratet?

Ja, er hat drei Kinder und dann noch ein Hausschwein, sagte Georg und lachte. Er hat mir übrigens das Fünfmarkstück gezeigt, das der König von Albanien damals verbogen hat.

Wieso, sagte Jan und sah mich an, das war doch dein Fünfmarkstück.

Ich, sagte ich und stockte, ich habe es Benno damals geschenkt. Und ich war mir sicher, dass ich dabei rot wurde, obwohl das alles nun schon gut dreißig Jahre her ist.

Ohne diese verrückte Idee mit dem Störtebeker-Schatz wären wir nie auf diese Insel gekommen und hätten nie den König von Albanien kennen gelernt.

Und ich würde noch heute keinen Fisch mögen.

Es war die aufregendste Reise meines Lebens, sagte Georg. Manchmal träume ich noch davon.

So war das.

Ist die Geschichte echt wahr, fragt mich mein jüngster Sohn, der übrigens auch Schwierigkeiten mit der Rechtschreibung hat und gerade sitzen geblieben ist. Oder hast du dir das nur ausgedacht?

Hier, die kennst du doch, sage ich und zeige ihm die alte Silbermünze, die ich an einer Kette um den Hals trage.

Und ist der Störtebeker-Schatz inzwischen gefunden worden?

Nein, noch immer nicht. Der wartet noch auf seinen Entdecker.

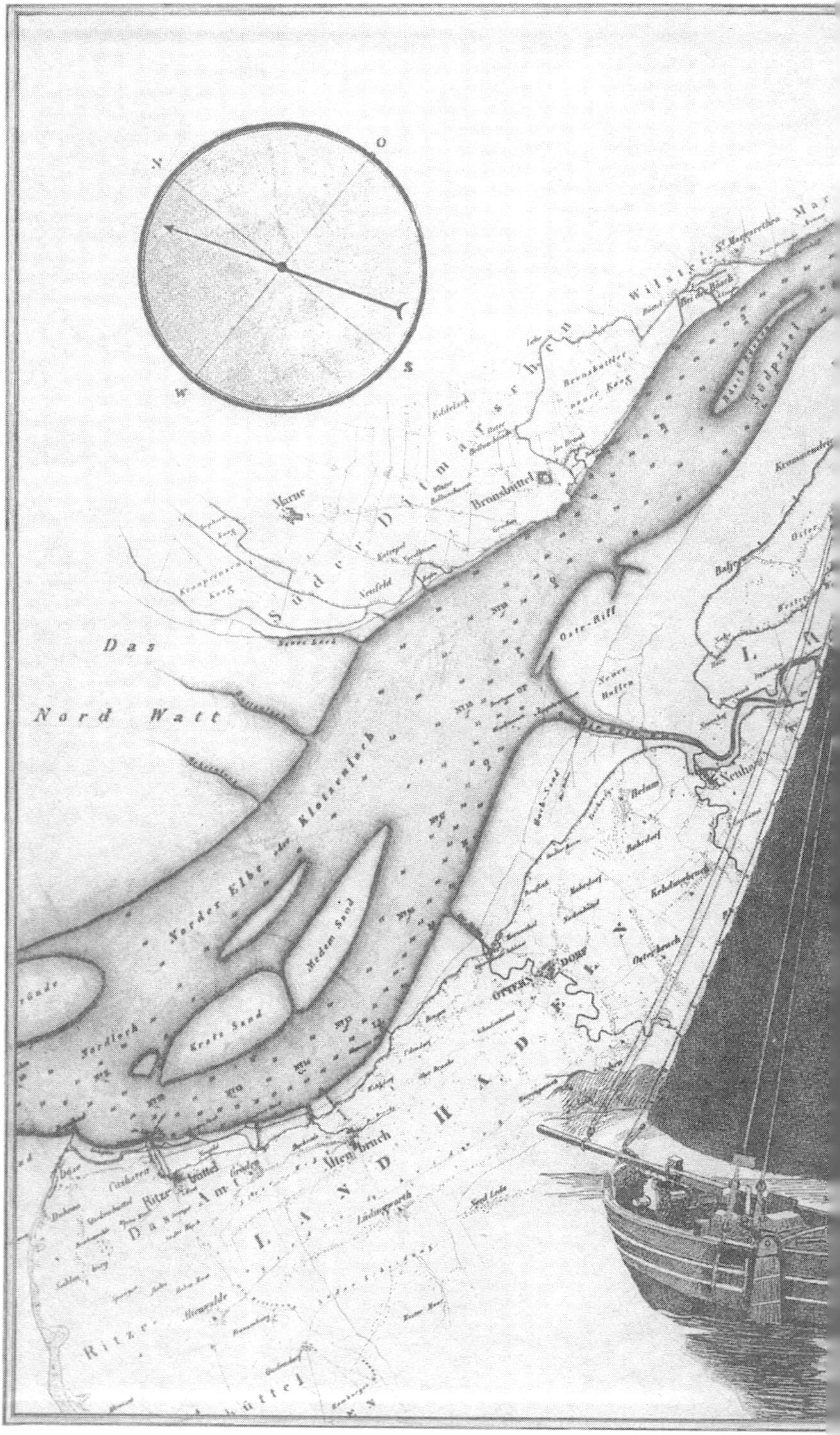

N
O
S
W
Wilster
St. Margarethen
Süder Dithmarschen
Marne
Brunsbüttel
Kronprinzen Koog
Neufeld
Das
Nord Watt
Südpriel
Oste-Riff
Norder Elbe oder Klotzenloch
Medem Sand
Krats Sand
Nordloch
Belum
Neuhaus
Osterbruch
OTTERNDORF
Altenbruch
Cuxhaven
Ritzebüttel
Lüdingworth
Das Amt
Land Hadeln
Ritzebüttel

GLÜCKSTADT
Bielenberger Marsch
Kraut
sand
Asseler Sand
Drochtersen
H.F. 186

ebenfalls erschienen bei

Nagel & Kimche

Uwe Timm

Rennschwein Rudi Rüssel

Mit Bildern von Axel Scheffler.

Ab 10 Jahren. 144 Seiten, gebunden

»Wir haben zu Hause ein Schwein, und ich meine damit nicht meine kleine Schwester Zuppi.« Alles beginnt mit einer Tombola. Zuppi hat nämlich ein Ferkel gewonnen. Papa macht ein finsteres Gesicht und noch weniger freut sich der Vermieter Herr Buselmeier. »Raus!«, brüllt er und setzt die Familie samt Schwein vor die Tür. Sie ziehen in ein Haus am Rande eines Fußballfelds. Papa wird Platzwart und Schwein Rudi ein erfolgreiches Maskottchen, bis ihm der Schiedsrichter die rote Karte zeigt. Ein harter Schlag, denn der Vereinsvorstand verlangt den Nachweis, dass das Schwein für eine künstlerische Tätigkeit gebraucht wird. Dann und nur dann darf Rudi bleiben …

In der Reihe

Süddeutsche Zeitung Junge Bibliothek

sind bereits erschienen:

144 Seiten
3-86615-124-1
978-3-86615-124-6

272 Seiten
3-86615-130-6
978-3-86615-130-7

208 Seiten
3-86615-132-2
978-3-86615-132-1

432 Seiten
3-86615-134-9
978-3-86615-134-5

In der Reihe
Süddeutsche Zeitung Junge Bibliothek
sind bereits erschienen:

144 Seiten
3-86615-136-5
978-3-86615-136-9

96 Seiten
3-86615-143-8
978-3-86615-143-7

144 Seiten
3-86615-144-6
978-3-86615-144-4

176 Seiten
3-86615-145-4
978-3-86615-145-1